KB124516

알마의 숲

n°
08

문학에서 발견하는
무한한 좌표들,
은행나무 시리즈 n°

알마의 숲

안보윤 소설

은행나무

차례

그건 말이야,

물고기 지느러미처럼 일렁이는 연약한 틈이기도 하고

거대한 철문처럼 고집스레 맞물린 무엇이기도 해.

그게 어떤 이유로 내게 보이는 건지,

왜 그걸 열 수 있게 된 건지 나도 몰라.

그냥 손을 뻗어 밀었더니,

열렸어. 그게 다야.

틈

소년은 산길을 걷고 있었다. 기둥이 희멀건 편백나무가 팻말처럼 꽂힌 산길이었다. 바람은 머뭇머뭇 불었고 하늘빛이 좋지 않았다. 발목까지 잠길 만큼 눈이 두껍게 쌓여 있어 걸음을 옮길 때마다 눈 조각이 사방으로 튀었다. 가장자리가 뾰족하고 배가 두꺼운, 커다란 눈 조각이었다. 가팔라진 산길에 소년이 밭은 숨을 토했다. 크게 벌어진 소년의 입으로 나뭇가지에서 떨어진 눈 조각이 빨려들어갔다.

소년은 몇 차례 침을 뱉으며 비탈길을 올랐다. 눅눅

해진 종잇조각 같은 것이 침에 섞여 수풀로 떨어졌다. 쌓여 있는 눈은 조금도 차갑지 않았다. 사방이 녹지 않는, 질긴 눈 투성이었지만 소년은 눈치채지 못한 채 걷고 있었다.

고도가 높아질수록 라디오 잡음이 심해졌다. 소년은 이어폰을 만지작거리며 산을 지그재그로 올랐다. 방송 사이사이 딸꾹질하듯 새소리가 끼어들었다. 헐겁게 박힌 나무 몇 그루가 전부인 산인데도 새의 모습은 보이지 않았다. 소년이 주위를 두리번거렸다. 눈밭 위로 전파 잡음과 새소리와 라디오방송이 번갈아 이어졌다.

여자의 방송을 듣는 건 오랜만이었다. 일주일에 두 번, 여자가 고정 출연하는 라디오방송은 상당한 인기를 끌고 있었다. 짧은 강연 뒤에 이어지는 전화상담 때문이었다. 어쩐지 숨죽인 목소리의 청취자들이 여자에게 자신의 아이가 어떤 식으로 특별한지에 대해 하소연하곤 했다. 소년이 듣기에 여자의 대답은 늘 엇비슷하고 단조로워서, 익숙한 노래의 후렴구만 짜깁기해 재생시키는 듯했다. 그럼에도 전화상담자는 맹렬한 기세로 감탄하며 하소연을 이어갔다. 여자는 제법 큰 규모의 상담치료실을 운영하고 있었으나 방송 출연에 대부분의 시간을 할애했다. 소년은 여자도, 여자의 직업도 마음에 들지 않았다. 여자는 뻔뻔했고 아동청소년 심리상담사라는 직업은 가증스러웠다. 소년이 원하는 건 여자를 진부하고 무책임한 '알고 보니의 세계'로 끌어내리는 것이었다. 그리고 그건 내일, 늦어도 모레면 실현될 것이었다.

산꼭대기에 다다른 소년이 걸음을 멈췄다. 숨을 쏟아낼 때마다 눈 조각이 허공에서 무겁게 밀렸다. 콧등에 떨어진 눈은 녹아 없어지는 대신 뺨으로 턱으로 미끄러졌다. 거대한 크기의 소나무가 기묘하게 비틀리고 구겨진 꼴로 정상에 서 있었다. 소년은 그 앞에 섰다. 까치발을 해야 닿을 만한 위치에 두꺼운 가지가 여럿 뻗어 있었다. 딱 좋아. 소년이 고개를 끄덕였다.

인터넷에서 배운 자살매듭 묶기는 벌써 서른 번도 넘게 연습해봤다. 소년은 소나무 가지 중앙에 밧줄을 걸고 매듭을 지었다. 묶인 줄이 풀리거나 가지 자체가 부러지지 않는 한 소년은 급성 뇌빈혈로 오 분 내에 죽게 될 것이었다.

방송은 계속되고 있었다. 강한 어조로 떠들어대던 여자가 돌연 간곡하고 부드러운 목소리를 냈다. 그럼에도 우리는 아이들을 이해해야 합니다. 다그치고 비난하면 아이들은 더욱 과격해지죠. 끝없이 인내하고 한없이 배려하는 마음으로 먼저 손을 내밀면 아이들은 틀림없이 멈춥니다. 아이들이 잠시 멈출 시간을 주자는 겁니다. 자신의 감정을 돌아볼 시간을, 자신의 손에 쥔 풍선이 왜 이만큼이나 부풀었는지 의아해할 시간을 줘야 하지 않겠습니까? 우리가 관심을 주는 만큼 아이들은 분명.

— 웃기고 있네.

소년은 이어폰을 뽑아 눈 속으로 던져버렸다. 터무니없이 일방적인, 구역질나는 대사였다. 여자는 소년과 마주치면 알람처럼 떠들어대기 바빴다. 나는 너를 이해한단다, 네가 왜 그러는지 나는 알아, 전부 다 이해해. 이해는커녕 제대로 나를 쳐다본 적도 없으면서, 내가 창피해 어쩔 줄 몰라 했던 주제에. 여자가 입을 벌릴 때마다 소년은 그 혀끝에 단단히 맺힌 위선을 깨부숴주겠다고 다짐했다. 지금 눈 덮인 산꼭대기에서 자살매듭을 묶고 있는 건 오로지 그 이유 때문이었다. 소년은 자신이 아는 한 가장 손쉽고 진부한 방식으로 죽을 작정이었다. 단 한 장의 유서도 남기지 않은 채.

유명 청소년 심리상담사 알고 보니 열네 살 아들 자살도 못 막아.

여자를 무너뜨리는 건 그런 기사 한 줄이면 충분했다. 어디 한번 해보라지. 유복한 집안에 유명인 부모를 둔, 머리도 좋고 신체 건강한 아이가 왜, 무슨 이유로 평일 한낮 난생처음 와보는 외진 숲속에서 자살했는지, 그간 잘난 척해온 대로 어디 한번 떠들어보라지. 나를 다 알고, 전부 다 이해한다니 어려울 것도 없겠지.

소년이 고리 안으로 머리를 밀어넣었다.

줄이 짧아 얼굴을 잔뜩 쳐든 채 까치발을 해야 했다. 하늘빛은 여전히 좋지 않았고 새소리가 가까이에서 들렸다. 소년은 새가 멀리 날아가버리길 바랐다. 새똥 범벅이 된 얼굴로 누군가에게 발견되는 건 싫었다. 어느 괴담에서 들은 것처럼 새에게 눈알을 파먹힌 후 발견되는 건 더욱 싫었다. 죽기 전 마지막 떠오르는 게 고작

새똥과 괴담이라니. 소년이 얼굴을 찌푸렸다.

다시 눈이 내리고 있었다. 커다란 눈 조각들은 궤적을 일일이 덧그릴 수 있을 만큼 천천히 떨어졌다. 얼굴로 쏟아지는 조각들이 거칠고 무거웠다. 소년은 눈 조각을 따라 시선을 옮기다 바로 옆 허공에 세로로 그어진 기다란 선을 발견했다. 촘촘히 붓질되어 있는 보랏빛. 물고기 지느러미처럼 유연하게 팔랑이고 있는 얇고 긴 무엇. 그것은 틈이었다.

소년이 손을 뻗었다. 틈은 닿을 듯 말 듯한 거리에 있었다. 눈 조각이 틈과 소년의 손을 피해 직각으로 꺾여 떨어졌다. 대체 뭐야? 의아해진 소년이 몸을 비트는 순간 발이 미끄러졌다. 밧줄이 소년의 목울대를 턱 잡아챘다. 매듭이 빠르게 조여들기 시작했다.

관자놀이와 이마에 불거진 혈관이 끓어올랐다. 눈알이 뜨겁고 코가 찼다. 소년의 발이 굳은 땅을 퍽퍽 걷어찼으나 그뿐이었다. 버둥대는 소년 옆으로 눈 조각이 한없이 느리게 날렸다. 소년은 이명 대신 침묵이, 하늘과 나뭇가지 대신 암흑이 들어차는 걸 선연히 느꼈다. 무거운 추가 매달린 것처럼 땅으로 끌려내려가던 몸이 어느 선에 이르자 부유하듯 나부꼈다. 동시에 어마어마한 압력이 경추와 경동맥을 짓눌렀다. 소년이 다급히 소리쳤지만 실제로는 비참한 신음 소리가 흘러나올 뿐이었다.

가뭇없는 소년의 의식을 깨운 건 통증이었다. 요란한 소리와 함께 무언가가 얼굴을 호되게 내리쳐 소년은 바닥으로 나동그라졌다. 시야가 여전히 졸아붙은 채라 인지할 수 있는 건 없었다. 다만 차가운 코끝이, 소년의 뺨과 이마가 보드랍고 따뜻한 것에 파묻혀 있다는 사실만은 느낄 수 있었다. 소년은 짧게 흐느끼며 정신을 잃었다.

안녕, 노루

소년이 손가락 하나를 움직였다. 이어 발가락 두 개를 움직이고, 팔꿈치로 자신의 갈비뼈 근처를 지그시 눌러보았다. 허벅지가 지르르 떨렸으나 의지를 가진 움직임은 아니었다. 소년은 고래 배 속으로 빨려들어간 피노키오처럼 조심스레 제 몸을 조율해보았다. 사방이 어둠으로 꽉 짜여 있어 소년의 움직임이 더욱 조심스러웠다.

그게 뭐였지. 소년은 산꼭대기 눈밭과 자살매듭을 까맣게 잊어버리고 오로지 틈에 대해서만 생각했다. 물고기 지느러미처럼 팔랑이는 주변은 아름다웠지만 틈 자체는 깊고 어두웠다. 무심코 손을 뻗긴 했어도 습하고 위험해 보이는 그 안쪽을 만질 생각은 없었다. 만졌더라면 어떻게 됐을까. 늪에 빠지듯 서서히 빨려들어갔을까.

— 그건 늪 같은 게 아니야.

바로 옆에서 들려온 목소리에 소년이 벌떡 일어났다. 일어났다, 는 건 생각뿐으로 실제로는 나무 침대 위에서 등허리를 한 번 꿈틀거린 게 다였다. 작게 혀 차는 소리가 들렸다. 젖은 수건이 소년의 눈두덩을 닦아냈다. 서늘한 감각과 함께 소년은 지금까지 자신이 경련을 일으킬 정도로 눈을 꽉 감고 있었다는 사실을 깨달았다.

소년이 조심스레 눈을 떴다. 처음 보인 것은 천장을 가로지르는 커다란 통나무였다. 다른 나무들과 면밀히 얽혀 지붕을 지탱하는 대들보 같은 게 아니었다. 통나무는 말 그대로 허공을 죽 가로지르고는 끝이었다. 우유갑에 장난삼아 찔러넣은 나무젓가락 같았다. 벽은 그와 달리 평범해서 가로로 쌓은 통나무 사이사이 반죽된 흙이 채워져 있었다. 큼직한 사다리꼴 창문에 유리 대신 비닐을 씌워놓아 창밖 풍경이 흐렸다. 불투명한 빛이 바닥에 얼룩처럼 번져 있었다.

소년은 심호흡을 한 뒤 목소리가 들렸던 방향으로 고개를 돌렸다. 나무 침대 왼편에 그림자 하나가 서 있었다. 작은 체구와 달리 눈매와 코끝이 단단하게 여물어 소년보다 너덧 살은 많아 보이는 여자였다. 젖은 수건을 가볍게 흔들며 여자가 말했다.

— 안녕, 노루.

노루? 소년은 불규칙한 각도로 구부러지는 손가락을, 팽팽하게 당겨지는 손목 근육을 마음속으로 타일렀다. 괜찮아, 무섭지 않아, 한 명쯤은 괜찮아. 그런데 노루라니?

— 그건 늪도 아니고 틈도 아니야. 우린 그걸 '문'이라고 부르지만 너 좋을 대로 불러도 상관없어. 그것보다, 엄살 그만 떨고 일어날래? 고작 문 하나 넘어온 걸로 유난스럽게 굴긴.

— ……넌 누구야?

— 알마. 난 알마야. 그다음엔 이렇게 물을 거지? 여긴 어디야? 내가 어떻게 된 거야? 넌 뭐 하는 사람이

지? 나를 어쩔 셈이야? 나는 죽은 거야 유괴된 거야?
정말이지 촌스러워 죽겠다니까.

— ……

— 여긴 네가 기절해 있던 소나무 아래쪽에 있는 산
장이야. 산장지기 삼촌이 널 주워왔어. 참고로 지금은
점심시간이고, 널 데려다 식탁의자에 앉히는 게 내 속
셈의 전부야. 알아들었으면 이제 좀 일어날래?

소년이 몸을 일으켰다. 제대로 일어나서 보니 방은
놀랄 만큼 천장이 낮았다. 소년의 키가 조금만 더 컸다
면 천장에 걸린 통나무에 정수리가 닿았을 정도였다.
게다가 어딘가 기울어져 있다는 감각이 몸을 짓눌렀다.
소년은 불안한 눈으로 주위를 둘러보았다. 마룻바닥이
상당히 낡아 당장이라도 구멍이 뚫릴 것 같았다. 사다
리꼴 창문과 나무 침대 이음매가 엉성하고 삐뚤빼뚤한
것도 신경쓰였다.

알마가 방문을 열고 소년을 재촉했다. 소년은 조심스
럽게 발을 뗐다. 맨발이었고, 오랫동안 깎지 않은 발톱
이 위로 바짝 들려 있었다. 보기와 달리 마룻바닥은 삐
걱대거나 빠지는 부분 없이 단단했다. 그래도 불안이

가시지 않아 소년의 등이 둥글게 곱았다.

소년은 앞장서서 걷는 알마를 따라 방을 나섰다. 어쩐지 익숙한 뒷모습이었다. 둥근 사각형 머리, 턱선에 맞춰 일자로 자른 새까만 머리카락, 동글지만 딱딱해 보이는 어깨. 알마는 레고 인형과 꼭 닮아 있었다. 터무니없을 만큼 짧고 밋밋한 팔다리 역시 그랬다. 레고 인형이라면 괜찮아, 저건 무섭지 않아. 혼잣말하는 소년을 알마가 잠시 돌아보았다. 소년의 뒤로 아직 열려 있는 방문 안쪽이 터널 속처럼 어두웠다.

*

— 네가 이곳에 머무는 동안 지켜야 할 게 딱 두 가지 있다.

걸쭉하게 끓인 카레를 소년의 그릇에 부어주며 알마의 삼촌이 말했다. 그는 중년 남자라면 으레 그럴 법한 얼굴을 하고 있었다. 적당히 늙은 뺨과 입가, 듬성듬성한 머리카락이 친근했으나 광대 아래와 턱 부근에 냉랭한 기운이 고여 있었다. 보고 있자면 오래된 외투에서 흘러나온 열쇠 같은 게 떠올랐다. 울퉁불퉁한 부분의 도금이 벗겨져 황동이 드러난 낡은 열쇠. 자물쇠를 잃어버려 무력해진 얼굴이 소년 앞으로 불쑥 다가왔다. 소년은 잔뜩 긴장한 채로 카레국물이 떨어지는 국자를 바라보았다.

— 첫째. 알마를 절대로, 절대로 울려선 안 돼. 너무 웃겨서 우는 것도 기가 막혀서 우는 것도 간지러워서 우는 것도 전부 안 된다. 명심해. 둘째로는, 올빼미를 방해하지 마. 올빼미가 하고 싶은 대로 하도록 그냥 내버려둬.

노루, 알마, 게다가 올빼미? 좀처럼 감을 잡을 수 없는 이야기였다. 묻고 싶은 것이 늘어날수록 소년의 표정이 거북해졌다. 게다가 두 사람, 벌써 두 사람이라니.

소년은 오 초 정도 숨을 멈췄다가 아주 천천히 내쉬었다. 손이 덜덜 떨리고 피부 밑이 따끔거려 좀처럼 수저를 쥘 수 없었다. 소년은 알마와 그의 삼촌을 보는 대신 카레그릇에 담긴 것들, 이를테면 큼직하게 썰린 고기와 노란색도 붉은색도 아니게 된 익힌 당근 같은 것에 집중했다. 괜찮아, 아직 두 사람이야. 두 사람까진 괜찮아. 소년이 굳은 혀끝을 앞니로 꾹꾹 눌렀다.

— 뭐라고?

갑자기 알마의 삼촌이 물었다. 아무것도. 소년은 고
개를 저었다.

— 아무 말도, 하지 않았어요.

옹이 자국이 선명한 나무식탁은 몹시 좁았다. 정사각
형 판 밑에서 삼촌과 알마와 소년의 무릎이 간간이 부
딪혔다. 소년은 다른 사람 몸에 닿지 않도록 다리를 꼭
붙이고 밥을 먹었다. 누군가와 함께 밥을 먹는 건 익숙
지 않았다. 게다가 이렇게 좁은 공간에, 무릎과 이마가
맞대질 만큼 여유 없는 공간에 놓인 것도 처음이었다.

소년의 집은 넓었고 가족 모두가 각자의 공간을 가지
고 있었다. 여자는 여자의 서재에, 남자는 남자의 서재
에, 소년은 소년의 방에 익숙한 포즈로 비치되었다. 도
우미 아주머니조차 탈의실과 휴게실을 겸한 자기 공간
이 있었다. 식사 때는 늘 혼자였다. 소년은 원목 상판에
누른 자국 하나 없던 육인용 식탁과 그 아래 공간을 떠
올렸다. 거기 숨어 누군가가 자신을 찾아내주길 기다리
던 어린 시절을 떠올렸다. 소년을 찾아낸 사람은 도우

미 아주머니였다. 그녀는 식탁의자를 밀어넣다 다리에 걸린 소년을 보고 아, 하고 멈췄다. 소년을 일으키지도, 식탁의자를 마저 밀어넣지도 않았다. 그녀는 침착하게 자기 공간으로 돌아가 옷을 갈아입은 뒤 퇴근했다.

— 카레 싫어해?

소년 앞에 놓인 컵에 물을 채우며 알마가 물었다.

— 저 냄비에 있는 거 다 먹으려면 앞으로 사흘은 카레만 먹을 텐데. 포기하고 먹어, 노루. 저래 봬도 삼촌은 메뉴에 고집이 있거든.

— 저기……

빠르게 그릇을 비운 알마의 삼촌이 식탁에서 일어섰다. 숲에 다녀올게. 아직 눈 내려요, 삼촌. 슬슬 멎을 때가 됐어, 노래도 끝났고. 이번엔 어느 나라였어요? 세르비아. 거기도 자장가가 있어요? 올빼미가 말했으니 틀림없겠지. 내가 듣기엔 다 비슷비슷하더라만. 나갔다 온다. 삼촌이 산장을 나선 뒤에야 알마가 소년을 돌아보았다. 아직 그득한 소년의 그릇을 확인한 알마의 입가가 삐뚜름해졌다.

— 저기, 나를 왜 노루라고 불러?

— 노루니까.

— 내 이름은 그런 게 아닌데.

— 하지만 싫잖아?

작은 냄비를 꺼낸 알마가 카레를 덜어 다시 데우기 시작했다. 찬장에서 새로운 그릇을 꺼내는 알마를 소년은 멀거니 바라보았다. 레고 인형과 달리 움직임이 매끄러워 오히려 현실감이 떨어졌다. 쟁반에 새 그릇과 수저, 디저트용 귤 두 개까지 챙긴 뒤에야 알마가 말을 이었다.

— 삼촌은 네가 부러진 나뭇가지에 눌려 기절해 있었다지만 거짓말인 거 다 알아. 세상에 어떤 나뭇가지가 그렇게 온 목을 휘감아 상처를 낼 수 있겠어? 넝쿨이 아닌 다음에야. 너는, 죽고 싶었던 거지? 이유야 어떻든 너는 너를 삭제할 작정이었던 거잖아? 그런 사람한테 이름 따윌 물어서 뭐하게. 너는 노루야. 그걸로 됐어.

*

점심식사가 끝난 뒤 알마는 쟁반에 준비한 식사를 들

고 이층으로 올라갔다. 거실 끝 벽에 붙은 쪽문을 열자 벽장처럼 비좁은 공간에 계단이 나타났다. 다락방 같은 게 있는 건가. 알마와, 알마의 앞에 새롭게 열린 공간을 넘겨다보며 소년은 생각했다. 실로 소년은 아파트 외의 집 구조에 무지했다. 다락방, 이란 단어 역시 실체 없이 모호하게만 느껴질 뿐이었다. 생경함을 주는 단어는 다락방 외에도 얼마든지 있었다. 외계인이나 타임머신, 순간이동처럼 증명되지 않았으나 누구나 알고 있는 단어들. 의심 없이 상식으로 받아들여진 단어들을 소년은 자주 의아해했다. 소년에게 있어 신념, 의지, 희생, 모성 같은 단어들이 그랬다. 그것들은 달토끼나 정령처럼 상상 속에서만 존재했다.

정사각형 식탁에 혼자 남겨진 소년은 한참을 앉아 있다 밖으로 나갔다. 두께가 반 뼘은 되는 나무문이 육중한 소리를 내며 닫혔다. 눈밭에 반사된 빛이 생각보다 진했다.

산장이 들어앉은 분지는 상당히 좁은 편이었다. 큰 삽으로 떠낸 구덩이 모양인데다 비탈길 가득 나무가 박혀 있어 산장 주위가 더욱 협소하고 옹색해 보였다. 구덩이 정중앙에 돋아 있는 산장 역시 볼품없기는 마찬가지였다. 납작한 두부를 두 모 포개놓은 것 같은 이층건물이었는데, 그나마 이층은 누가 절반쯤 잘라먹은 상태였다. 엉성하구나. 소년은 감탄에 가까운 소리를 냈다. 이렇듯 허술하고 격식 없는 건물은 초등학교 때 다녔던 대안학교 이후 처음이었다.

산장 앞 우물까지 소년이 걸어나갔을 때는 이미 한낮이었다.

소년은 산장 거실에 붙어 있던 시계를 떠올렸다. 직접 손으로 만든 건지 투박하게 깎은 원판에 금속 바늘 두 개가 전부인 시계였다. 대략 두 시 정도라고 생각했지만 전혀 다른 시간인지도 몰랐다. 산장 안 물건들은 대개 그런 식이었다. 간결한 모양새로 당혹스러울 만큼 빈틈이 많았다. 아무려면 어때. 소년은 눈 쌓인 길을 자박자박 걸었다.

알마의 삼촌은 평범했고 알마는 쌀쌀맞았다. 그래도 레고 인형이라면 싫지 않았다. 소년은 시중에 판매되는 레고 시리즈를 전부 갖고 있었다. 남자는 새 제품이 출시되기 무섭게 사들고 와 소년에게 건넸다. 상자를 뜯는 걸 도와주거나 함께 놀아주진 않았다. 그래도 소년은 여자보단 남자에게 친근감을 느꼈다. 그는 가끔 소년을 위해 여자와 싸우기도 했다. 최종적으로는 소년의 방문 손잡이 대신 여자의 손을 잡았지만.

눈 조각이 날렸다. 여전히 크고 무거운 눈이었다. 눈을 지르밟던 소년이 목을 긁적였다. 알마의 말대로라면 목을 빙 둘러 밧줄 자국이 남았을 것이었다. 검거나 푸르거나 보랏빛이거나. 소년은 자신의 목에 초라하게 말라붙었을 매듭의 의지에 죄책감을 느꼈다. 고리에 목을 걸기 전 한바탕 끓어올랐던 오기와 분노 같은 것들이 덩달아 초라하게만 느껴졌다.

어제와는 많은 것이 달라져 있었다. 새소리도 들리지 않았고 사방이 나무로 빽빽했다. 소년은 기묘하게 뒤틀리고 구겨진 꼴로 산 정상에 서 있던 소나무를 찾아 눈을 굴렸다. 분지 가장자리가 얇은 막에 싸인 것처럼 흐릿했다.

— 당분간은 돌아갈 수 없어.

알마는 계단을 오르다 말고 식탁으로 돌아와 소년에게 설명했었다.

— 네가 왔던 곳으로 돌아가려면 문이 열려야 해. 그게 언제 열리는지는 알 수 없어. 당장 내일 열릴 수도 있고 한 달 뒤에 열릴 수도 있겠지. 확실한 건, 눈이 내릴 때 문이 열린다는 거야.

— 내가 있던 곳? 문?

— 멍청한 표정 짓지 말고 대충 믿어둬, 이딴 건 흔해 빠진 설정이잖아. 넌 책도 안 읽어? 정말이지 촌스러워 죽겠다니까.

결론이 이상했지만 소년은 따지지 않았다. 돌아가고 싶지 않았다. 애초에 돌아간다, 에 어울리는 애정 어린 대상 자체가 소년에겐 없었다. 의문의 사체라면 좋았겠지만 실종도 나쁘지 않을 것 같았다. 여자가 불안과 고통에, 죄책감에 추격당할 수만 있다면 무엇이든 좋았다.

우물가에 선 소년이 도르래를 당겼다. 두레박 가득 퍼 올린 물에 얼굴을 묻었다. 열기를 식히고 싶었으나 기대만큼 우물물은 차갑지 않았다. 오히려 미지근했다. 물이 뚝뚝 떨어지는 얼굴로 소년은 우물을, 산장을, 구덩이처럼 협소한 분지를, 나무와 눈밭을 바라보았다.

사방이 지나치리만치 단정했다. 아무것도 흔들리지 않고 어떤 소리도 들리지 않았다. 소년은 그제야 자신이 겉옷도 입지 않은 채 눈밭에 서 있음을 깨달았다. 조금도 춥지 않았고, 소년과 스친 어떤 눈 조각도 녹지 않았다.

소년은 발밑에 쌓인 눈을 한 주먹 집어 뭉쳤다. 꽉 쥐고 있던 손을 풀자 푸스스 눈이 흩어졌다. 어쨌거나 그것은 가장자리가 뾰족하고 배가 두꺼운, 무겁고 질긴 눈 조각들이었다.

내 이름은 알마

문을 넘어오는 것들은 어쩌자고 다 저렇게 한심할까.

산장 근처에 있는 문은 모두 세 개였다. 그 정도라고
생각한다. 우악스럽게 구겨진 소나무 밑에 하나, 우물
가에 하나. 나머지 하나는 저 좋을 대로 옮겨다녔다. 나
무 밑 문을 제외하고는 열리는 시간도 크기도 제멋대로
였다. 마지막 문은 특히 변덕스러워서, 산장 거실에 달
린 시계 귀퉁이에 호두알 크기로 열리는가 하면 새로
파낸 웅덩이인 척 눈밭에 누워 있기도 했다. 세 번째 문

은 장난꾸러기네. 눈밭에 누운 문을 가리키며 그렇게 말했더니 삼촌이 무슨 문? 하고 물었다. 웅덩이 위를 저벅저벅 걸어가버리기에 삼촌에겐 저게 보이지 않는구나 깨달았다. 삼촌을 흉내내 저벅저벅 걸어가려다 웅덩이에 다리가 빠져 혼비백산한 뒤로는 문을 피해 다녔다. 문을 구경하는 건 싫지 않지만 빠지는 건 질색이었다. 그게 다른 시공간과 연결되어 있다는 건 감으로 알았다. 산장 이층 책장에 꽂힌 책을 두 권만 읽어보면 그딴 건 금방 알 수 있다. 그래도 차원의 문이나 웜홀 같은 거창한 이름을 붙일 순 없었다. 문은 책에 쓰인 것처럼 경이롭지도, 신비하지도 않았다. 모험심을 부추기기엔 너무 불안정하고 음험했다. 그건 그냥 문이었다. 게다가 어떤 의미에선 상당히 귀찮은 존재였다.

문을 넘어 다니는 것들이 있었다. 당연하게도, 문이니까. 어리둥절해하거나 살짝 억울해하는 표정을 봐선 문 근처를 어정거리다 운 나쁘게 빠진 것들인 듯했다. 용도를 알 수 없는 사물이 넘어오는 경우도 많았다. 대개 쓸모없는 것들이었다.

처음 문을 넘어온 것은 노란 오리였다. 머리가 크고 눈이 동그랬는데 어째선지 몸통이 절반쯤 찌그러져 있었다. 배랄까 엉덩이랄까 말하기 어려운 부위에서 보글보글 거품이 끓어올랐다. 이건 고무야. 삼촌은 장작불을 땔 때 쓰는 집게로 오리 머리를 잡아 산장 밖으로 내던졌다. 고무 타는 냄새는 고약하니까, 라고 말했지만 별다른 냄새는 나지 않았다. 밤새 창밖에서 끓는 소리가 들려왔다. 고르게, 바쁘게 끓어오르던 오리는 다음날 노랗고 단단한 공이 되어 있었다. 무서울 정도로 높이 튀어오르는 고무공이었다.

사람이 넘어올 수도 있다는 걸 알게 된 건 도둑 때문이었다. 나는 도둑이라고 불렀고 삼촌은 그의 이름을 불렀다. 도균, 도준, 뭐 그런 식의 이름이었다. 드물게 도둑은 몇 번이나 문을 넘어왔다. 머무는 시간은 아주 짧았다. 한 번은 비탈길에서 고무공을 튀기며 놀고 있는데 눈이 내리기 시작했다. 반죽해 말린 종이를 찢어놓은 것처럼 사납게 생긴 눈이었다. 이곳의 물건들과 동물들, 삼촌과 나를 포함한 모든 것들은 그랬다. 서툴고 엉성하고 본질적으로 사나웠다. 나는 우물로 뛰어갔다. 바닥에 쌓인다는 것 외에 특징이라곤 없는 눈이었지만 물을 뿌려 굳히면 눈사람 비슷한 걸 만들 수 있었다. 두레박 가득 퍼 올린 물을 눈밭에 뿌린 찰나 우물가 문이 열렸다. 흠뻑 젖은 누군가가 문을 통해 꾸역꾸역 기어나왔다. 도둑이었다.

— 내 이름, 내 이름이 뭐야? 나를 알아?

도둑은 다짜고짜 그렇게 물었다.

— 도.

— 도?

— 도…… 도……

— 도?

— 도둑이야!

도둑은 절망적인 표정으로 나를 노려보았다. 흐릿한 인상 때문에 절박해 보인다기보다 우스꽝스러웠다. 이 나쁜 년. 도둑은 그렇게 내뱉고는 고무공을 훔쳐 달아났다. 역시 도둑놈.

언젠가는 어린 계집애가 넘어온 일도 있었다. 자고

일어나 거실로 나가보니 자그마한 인형 같은 게 식탁 위에 놓여 있었다. 보송보송하고 귀여운 그런 종류 말고 더럽고 꼬질꼬질한, 불에 한 번쯤 그슬린 것 같은 인형이었다. 함부로 만지면 저주에 걸릴 것 같은 몰골이었는데 삼촌은 잘도 안고 다녔다. 입을 꼭 다물고 삼촌 목에 매달려 있는 계집애를 보고 있자면 요괴나 악령 같은 단어가 저절로 떠올랐다. 깨끗이 씻어 말리면 괜찮아질까 싶어 욕실로 데려갔다 팔뚝을 물린 뒤로 나는 계집애를 쳐다보지도 않았다. 팔뚝에 찍힌 고리 모양 잇자국이 볼수록 불쾌했다. 계집애 앞니가 빠진 덕에 고리는 한쪽 귀퉁이가 터져 있었다. 유치갈이를 하는 걸 보면 요괴는 아닌 모양이었다. 그렇다면 더 나빠, 왜 사람 꼴이 아닌 건데? 삼촌이 아무리 잘 먹이고 잘 씻겨도 계집애는 그저 퀭할 뿐이었다. 가끔은 덜 마른 생선 냄새를 풍기며 돌아다녔다. 무엇 하나 맘에 드는 구석이 없는 애였다.

— 아주 약한 애였다.

삼촌은 가끔 애틋한 표정으로 계집애를 회상했다.

— 온몸에 하얗고 파랗고 분홍인 멍이 새겨져 있었어.

— 삼촌, 그런 색깔 멍은 세상에 없어요. 멍은 노랗거나 파랗거나 검보라색이거나……

— 그애 몸엔 있었다. 양쪽 귀부터 가슴까지 세로로 그어진 검고 긴 멍도 있었어. 목이랑 어깨엔 꽉 눌러 잡은 형태로 찍힌 손자국이 있었지. 대체 누가 그랬을까. 말도 못하는 어린애였는데.

삼촌은 눈이 좀처럼 그치지 않거나 아주 울적할 때만 계집애 얘기를 꺼냈다. 도무지 추임새를 넣어줄 수 없는, 시답잖은 추억이었다. 안대를 쓴 토끼가 지그재그로 뛰어다니다가 우물 벽에 부딪혀 앞니가 부러졌을 때 계집애가 처음으로 소리 내 웃었다는 얘기 같은 것. 계집애 얼굴이 주나라 시대 포사만큼 예뻤다면 이곳 동물들 앞니가 다 부러졌을지도 몰랐다.

— 넌 너무 냉정하게 생각해.

— 냉정하지 않으면 난 죽어요. 삼촌이 더 잘 아시잖아요?

— 눈물을 없애기 위해 감정을 말려버리는 건 무모한 짓이다.

— 눈물은 슬플 때도, 지나치게 기쁠 때도, 지독하게

화가 날 때도 흘러요. 손쉽게 떼어낼 수 있는 과일꼭지 같은 게 아니라고요.

— 어쨌든 문을 넘어오는 사람들에게 좀 상냥해져라. 그 사람들은,

— 멍청한 사람들이죠.

— 상처받은 사람들이야.

올빼미가 넘어왔을 때만큼은 나도 삼촌 말에 동의할 수밖에 없었다. 올빼미는 세상의 고통을 전부 쑤셔 담은 듯한 얼굴을 하고 있었다. 검고 홀쭉한 자루 같은 몸에 몹시 작은 머리통이 붙어 있었는데, 그 안에 그토록 거대한 우울을 욱여넣을 수 있다는 사실이 놀라웠다. 화학폐기물용 쓰레기통 같았다. 죽은 걸까요, 삼촌? 내가 묻자 삼촌은 그럴지도, 라고 대답했다. 언젠가 불쏘시개를 덧대 만들었던 인형이 떠올랐다. 가느다란 나무로 뼈대를 삼고 지푸라기로 돌돌 말아 살을 입힌 것이었다. 얼굴은 만들지 못했다. 검은 털실로 머리카락을 심어주었는데 생각과 달리 듬성듬성해서, 노인 같기도 하고 좀비 같기도 한 꼴로 완성되었다. 나는 그 인형을

제법 좋아했다. 군더더기 없이 불행한 몰골 때문이었다. 팔다리가 빠지기 직전으로 매순간 아슬아슬한 것도 마음에 들었다. 며칠 가지고 노니 역시나 다리가 빠져버렸다. 마침 삼촌이 모닥불을 피우고 있어 그 안에 던졌다. 올빼미를 보고 있으면 그 인형이 떠올라 마음이 무거웠다. 올빼미 역시 그 인형처럼 거꾸로 매달아 탈탈 털면 몸통이며 성긴 팔다리가 떨어져나올 것만 같았다. 올빼미는 일주일을 내리 자고 일어났다. 그런가, 하고 혼잣말하듯 머리를 깊게 끄덕이고 일어났는데, 참혹했던 얼굴이 한결 차분해져 있었다. 촌스러운 질문 따윈 하지 않았다. 올빼미는 부지런하고 영리했다. 가끔 목을 기울이고 비틀비틀 움직여 내게 다가올 때는, 기뻤다. 문을 통과한 것 중 한심하지 않은 건 올빼미가 유일했다.

문을 통과한 것은 대부분 수일 내로 사라졌다. 올빼미는 어째서인지 사라지지 않아서, 역시 특별하구나 생각했다. 계집애도 석 달 정도 머물렀으니 제법 버틴 편이었다. 삼촌에게 말하지 않았지만 눈 내리는 날 계집애를 문 안으로 밀어넣은 사람은 나였다. 어느 나라 것인지 알 수 없는 자장가가 오래도록 울린 새벽이었다. 그땐 아직 올빼미가 오기 전이어서 이상한 억양의 지루한 돌림노래라고만 생각했다. 노래가 울리고 거친 눈이 쏟아지면 문이 열린다. 그것은 이상한 규칙이었지만 한 번도 어긋난 적이 없었다. 자고 있는 계집애를 들어올리자 무슨 생각인지 내 목에 팔을 감아왔다. 거실을 지나 눈밭을 걷는 동안 심장이 느리게 뛰었다. 애초에 작정한 바가 있어 계집애를 들고 나온 건 아니었다. 그야말로 문득이었다. 나무숲을 지나 비탈길 꼭대기에 서자 엷은 보랏빛으로 하늘거리는 문이 보였다. 어떤 이유로 내게 문이 보이는 건지, 나는 왜 그걸 열 수 있는 건지 설명할 방법은 없다. 그냥 손을 뻗어 밀면 문이 열렸다. 그렇게 연 문 반대편으로 계집애가 사라졌다. 수시로 문에서 튀어나오는 무언가들 때문에 삼촌과 나는 충분히 억세진 상태였다. 사라지는 것에 대해 억울해하거나 슬퍼하지 않았다. 그럼에도 삼촌은 계집애가 사라진 뒤, 울었다. 장작을 패다 말고 계집애처럼 쪼그려앉아 흐느꼈다. 우물을 오래 들여다보고 산장 이곳저곳을 헤

집는 모습이 낯설어서 계집애를 좀 더 일찍 치워버릴걸 하고 후회했다. 삼촌은 계집애가 눈밭에 쓰고 놀던 ㄱ ㅅ ㅁ ㅇ이 무슨 뜻이었을까 내게 물었다. 나무껍질을 벗기며 곰똘히 생각하더니 가서 미안, 같다고 말했다. 나는 거송 밑에, 같다고 말했다. 계집애를 밀어넣은 문은 거대한 소나무 밑에 있었다.

이따금 소소한 것들이 문을 넘어왔다. 줄무늬이거나 딸기가 그려져 있거나 오직 새까말 뿐인 양말들. 97년 최신가요 베스트10, 이라고 찍혀 있는 카세트테이프. 모서리가 미세하게 깎여나간 주사위. LED등을 장착한 970g짜리 금속큐브. 동물용 발톱깎이. 주제 사라마구의 책. 어느 날엔 유통기한이 육 년이나 지난 정어리통조림이 문 앞에 탑처럼 쌓여 있기도 했다. 마음에 드는 걸 제외한 나머지는 우물가나 비탈길에 묻었다. 얼마 후 파보면 당연하다는 듯 사라져 있었다. 사라지는 순간은 한 번도 목격하지 못했다. 잠에서 깨어나 미지근한 마룻바닥에 발이 닿는 순간 참, 그런 게 있었지 하고 깨닫는 식이었다. 사물의 부재는 그런 식으로 확인되었다. 참, 그랬었지, 하는 방식으로.

노루 역시 그런 소소하고 쓸모없는 것들 중 하나였다.

노루를 업고 온 당사자면서도 삼촌은 노루에게 무심
했다. 부러진 나뭇가지 아래 눌려 있더라. 어지간히 운
나쁜 놈인 모양이다. 올빼미도 나도 그게 거짓말이란
걸 알았다. 목을 매달 때 굵은 밧줄을 사용했는지 노루
의 목울대에서 귀뿌리를 향해 그어진 시커먼 선이 빗
살무늬로 번져 있었다. 뻔뻔하다, 는 생각이 들었다. 평
온하게 잠든 얼굴이며 흉터 하나 없는 팔다리가 뻔뻔
했다. 아직까지 피가 돌고 있는 뺨과 입술도 뻔뻔했다.
나는 아침마다 반 뼘씩 자라난 감정의 가지들을 쳐내
는 일로 하루를 시작했다. 그래야만 이어나갈 수 있는
생이었다. 혹독하게 감정을 잘라낼수록 삶의 가능성이
커졌다. 원인을 알 수 없으니 증후군이라 이름붙이는
겁니다, 따님의 증상이 워낙 특이해서요. 당혹스러워
하면서도 들뜬 기색이 역력한 의사의 선고 이후로 내
삶은 그랬다. 그런데 스스로 목을 매달고도 살아남는

건강한 몸이라니.

　악몽에 시달리는지 노루가 몸을 비틀며 울었다. 주룩
주룩 눈물을 쏟아내고도 살아남는 튼튼한 몸 따위. 나
는 노루의 팔다리를 꼬집었다. 때로는 주물러주었다.
노루를 해가 기울어질 때까지 노려보았다. 젖은 수건으
로 얼굴을 닦아주기도 했다. 노루가 빨리 사라져버렸으
면 좋겠다고 생각했다. 어서 어서 사라져버려, 멍청한
노루.

숲의 영역

장작을 쌓아 모닥불을 피웠다. 항아리 모양 불꽃은 붉고 푸르고 검었다. 불에 바짝 다가앉은 알마의 얼굴이 붉고 푸르게 일렁였다. 마주 앉은 소년 역시 마찬가지였다. 알마의 삼촌이 불쏘시개로 검불이며 장작을 쑤석거릴 때마다 마른 불똥이 튀었다. 알마는 일렬로 늘어놓은 일곱 개의 고구마를 알루미늄 호일로 싸고 있었다. 호일 양 끝을 캔디처럼 잡아 묶어 건네면, 알마의 삼촌이 그것들을 모닥불 아래 묻었다. 소년은 잠자코 턱을 괴고 앉아 고구마 익는 냄새를 기다렸다. 본격적으로 어둠이 스며들고 있었다. 산장의 밤은 발밑에서부터 시작된 어둠이 서서히 윗부분을 삼켜나가는 식으로 진행되었다. 우물에서 솟아나오는 게 아닐까 싶을 정도로 어둠은 무겁고 진했다.

소년은 모닥불을 응시했다. 뭉근히 타오르는 검고 둥근 핵과 맹렬한 기세의 푸른 불꽃 사이, 경계선처럼 존재하는 얇은 막 어딘가에 시선이 멈춰 있었다. 소년은 가끔 자신의 뒤에 드리운 산장 건물을 돌아보기도 했다. 어둠에 묻힌 녹색 나무들은 일절 쳐다보지 않았다. 알마가 눈을 한 줌 쥐어다 모닥불 위에 뿌렸다. 불꽃에 닿은 눈이 기습적으로 터지며 반짝반짝 빛났다.

마음속에서 술렁이는 의심과 달리 산장에서의 하루하루는 평화로웠다. 노루, 하고 알마가 부르는 것에도 익숙해졌다. 소년은 산장에서 보낸 날짜를 닷새쯤 헤아리다 그만뒀다. 다시 눈이 내리는 날은 없었는데 산장 주위엔 늘 그만큼의 눈이 쌓여 있었다.

— 여긴 이상한 곳이네요.

소년이 알루미늄 호일을 뜯어 눈을 반 줌 집어넣고 돌돌 말았다. 알마가 했던 것처럼 양 끝을 사탕껍질 모양으로 비틀어 묶었다. 익숙해지는 건 생각보다 금방이었다. 낡고 허술한 산장과 질긴 눈은 더 이상 소년의 관심을 끌지 못했다. 아무려면 어때. 소년은 아무 곳에나 주저앉아 시간을 보내고 알마의 삼촌을 관찰했다. 알마에게 두서없는 이야기를 늘어놓기도 했다. 두 사람 다 노골적으로 귀찮아했으나 먼저 자리를 뜨거나 질문을 피하진 않았다. 뭐라고? 삼촌은 소년에게 자주 되물었다. 아무것도. 아무 말도 안 했어요. 대답하면서도 소년은 자신의 입이 크게 벌어져 있었다는 걸 깨닫곤 했다. 정말이지 촌스러워 죽겠다니까. 간간이 알마가 면박을 주었다. 그게 다인 생활이었다.

　— 세상은 원래 조금씩 다 이상해.

　— 여긴 좀 많이 이상해요.

　— 그건 새로운 투정이냐?

　— 놔둬요, 삼촌. 애초에 투정부릴 작정으로 산꼭대기까지 기어오른 어린애인걸요. 그나마 엄마한테 보내달라고 징징대지 않는 게 어디에요. 자, 어린애는 이거나 가지고 놀아.

　알마가 연필 모양으로 길게 만 알루미늄 호일을 소년

의 손에 쥐어주었다. 연필심 대신 꾹꾹 누른 눈이 가득
든 것이었다. 호일 끝에 불을 붙이자 스파클라 폭죽처
럼 타닥타닥 불꽃이 튀었다. 잘 알지도 못하면서. 소년
은 소란한 불꽃 대신 검게 쭈그러드는 호일을 들여다
보며 말했다. 잘 알지도 못하면서 좋을 대로 떠들어대
지 마.

*

녹색 벽지. 소년의 기억은 녹색 벽지로부터 시작되
었다.

그것은 압도적이고 각별한 기억이었다. 그도 그럴 것
이 소년이 눈을 뜬 직후부터 일상의 모든 순간을 포위
하듯 둘러싸고 있는 건 녹색이었다. 어디로 눈을 돌리
든 녹색 벽지가, 천진하게 반짝이는 녹색 실크 벽지가
우선이었다.

여자는 소년의 방 벽지로 유독 녹색을 고집했다. 소
년이 초등학교에 입학한 뒤 벽지 색이 바뀐 적은 한 번
도 없었다. 마음을 차분하게 가라앉혀준다거나 눈의 피

로를 풀어주는 색이라고 여자가 덧붙였으나 종일 마주
하고 있으니 효과가 있을 리 없었다. 소년은 차분하다
못해 침울한 얼굴로 벽지를 바라보았다. 녹색 소용돌이
때문에 눈이 아팠다. 책상에 앉아서도 소년은 좀처럼
고개를 들지 않았다. 눈꺼풀 대신 초록 커튼이 매달려
있는 기분이었다. 소년의 방은 넓었고, 녹색의 영역 또
한 질릴 만큼 넓었다.

　― 초원이나 바다 같은 걸 떠올려보렴. 너는 언제든
자유롭게 모든 곳을 뛰어다닐 수 있어. 초록은 가능성
의 색이란다.

　여자가 말했으나 소년은 밤마다 침대에 누워 습지를
떠올렸다. 어둠에 끈적끈적하게 버무려진 녹색 벽지는
동굴 벽을 뒤덮은 이끼나 더러운 호수의 녹조를 연상케
했다.

　소년은 곧잘 악몽에 시달렸다. 온몸에 해초와 이끼가
빼곡히 돋는 꿈이었다. 겨드랑 밑과 사타구니에서 살랑
대는 해초는 견딜 만했다. 꿈이 짙어지면 귀와 콧구멍
에서 뒤엉킨 해초 덩어리가 스멀스멀 기어나왔다. 눈알
에 이끼가 돋아 눈이 감기지 않는 날도 있었다. 고통에

허덕일수록 감각은 예민해졌다. 그럼에도 소년은 잠에서 깨지 못했다. 꿈과 꿈이 맞물린 고리 속을 헤매는 소년을 흔들어 깨워주는 다정한 손이 없는 탓이었다.

꿈의 고리가 풀리는 건 발버둥 치던 소년이 침대에서 떨어져 바닥에 나동그라진 뒤였다. 가까스로 방을 나서면 거실은 늘 비어 있었다. 육인용 식탁 위에 올려놓은 검은 콩 두유 한 컵이 소년을 기다리는 것의 전부였다.

— 안방에서 같이 자도 돼요?

여자가 놀란 얼굴로 소년을 돌아보았다. 봄눈이 내린 새벽이었고, 소년은 여자와 남자가 모두 퇴근할 때까지 자지 않고 기다렸다. 도우미 아주머니가 퇴근한 지 다섯 시간이 지나 있었다. 소년은 거실 소파에 웅크리고 앉아 다섯 시간 내내 높다, 에 대해 생각했다. 45층 아파트 꼭대기에 있는 우리 집은 너무 높다. 식탁의자는 너무 높다. 욕실 벽에 고정되어 있는 샤워기는 너무 높다. 냉장고 음료수 칸은 너무 높다. 아직 읽지 않은 책이 꽂혀 있는 책장 칸은 너무 높다.

남자와 함께 퇴근한 여자는 불 꺼진 거실에 오도카니

앉아 있는 소년을 보고 숨을 삼켰다. 또래에 비해 체구가 작은데다 다리를 끌어안은 채 몸을 말고 있어 소년은 더욱 작고 애처로워 보였다. 소년은 여자를 보고 있기도, 보고 있지 않기도 했다. 소년의 시선은 코트를 벗어 팔에 거는 여자의 손을, 가방을 소파 끝에 내려놓는 여자의 가늘고 마른 손을 좇고 있었다.

— 그건 씩씩한 어린이가 할 말이 아닌데?

— 난 씩씩하지 않아요.

— 아니, 넌 씩씩해. 네가 얼마나 씩씩하고 용감한 아이인지 엄만 누구보다 잘 알지. 넌 아기 때부터 네 방에서 혼자 잘 수 있었는걸.

— 저 방은 무서워요.

— 저 방의 어떤 게 무섭니? 그림자? 책상? 액자? 옷걸이?

— ……

— 괜찮아, 얘기해보렴. 엄만 네가 무서워할 것들이 뭔지 알아. 그림자가 너를 무섭게 하니? 옷장 문을 열거나 침대 밑을 들여다보면 노란 눈과 마주칠 것 같아?

— 그런 건 아니에요.

— 그럼 뭘까, 우리 아들을 무섭게 하는 건?

— ……벽지요.

— 뭐라고?

— 벽지가 무서워요.

— 그럴 리가. 네 방 벽지엔 아무 무늬도 없는데?

— 녹색인 게 무서워요.

— 집에 혼자 있는 시간이 길어져서 심술 난 거야? 열 살이나 먹어서 어리광은. 따뜻한 우유를 줄 테니 마시고 들어가렴. 다음주가 개학인데 이런 식으로 생활리듬이 흐트러져선 안 돼.

소년은 방으로 떠밀려 들어갔다. 여자는 소년을 향해 상냥하게 웃어 보였으나 소년이 잠드는 걸 지켜본다거나 가슴을 토닥여주는 일은 하지 않았다. 소년은 캄캄한 방에 누워 조금 열린 문틈으로 새어드는 거실 불빛을 지켜보았다. 빛이 닿은 부분부터 흐물흐물해지기 시작한 녹색 덩어리가 소년을 향해 천천히 배를 밀었다.

— 하루쯤은 같이 자도 괜찮은 거 아냐?

— 한 번 예외를 두면 그다음엔 설득하기가 더 어려워져요. 당신도 나도 계속 바빠질 텐데, 지금 어리광 받

아줘 버릇하면 나중에 힘든 건 저 아이예요.

— 무서운 꿈이라도 꾸는 거 아닐까? 아직 어린 애잖아.

— 열 살이면 여러모로 충분한 나이예요. 게다가 벽지가 무섭다니, 거짓말일 게 빤하잖아요. 저 나이 때 부모 관심 끌고 싶어서 거짓말하는 건 흔한 일이니까 걱정 말아요.

여자와 남자의 목소리가 물속에서처럼 먹먹하게 퍼졌다. 소년은 밤새 녹색 늪에서 발버둥 치다 땀에 흠뻑 젖은 채 깨어났다. 여전히 많은 것들이 높은 보통 날이었다. 희부연 하늘이 베란다 창을 뒤덮고 있어 거실은 어둡지도 밝지도 않았다.

날카로운 밤의 감각에 비해 소년의 낮 시간은 미지근하고 불분명했다. 여자와 남자는 이미 출근한 뒤였다. 소년은 식탁 위에 놓인, 호두와 아몬드를 갈아 넣은 검은 콩 두유를 반 모금씩 나누어 마셨다. 마지막 모금에서는 소금 맛이 났다.

— 한국 여자들이 다 큰 애를 끌어안고 자는 건 단칸방에 모여 살던 가난한 기억이 남아서예요. 선진국은

아기 때부터 아이들에게 독립된 공간을 마련해준다고요. 프랑스 아이들 자립심이 얼마나 강한지 알아요? 적어도 그 나라 아이들은 부모가 성인이 된 자식 입사지원서를 대신 써줘야 할 만큼 나약하지 않아요. 자식을 독립된 인격체로 인정하지 않고 자기 소유물인 양 멋대로 죽여버리는 잔악한 부모 따윈 드물다고요.

간밤 여자는 남자에게 호통 치듯 큰 소리를 냈다. 소년은 우물우물 대꾸하는 남자의 목소리를 들었다. 남자는 금세 입을 다물었고, 소년 역시 금세 녹색 늪에 잠겨버렸다.

녹색 벽지.

소년은 녹색 벽지 앞에 섰다. 도우미 아주머니가 거실과 주방을 소리 없이 옮겨다니고 있었다. 시간을 알려주거나 청소할 때가 아니면 그녀는 소년의 방에 들어오지 않았다. 2시 피아노학원 — 3시 10분 편의점 앞에서 수학학원 차를 탈 것 — 5시 수학학원 끝 — 6시 저녁식사 — 7시 과학논술수업 — 8시 반 간식 — 9시 홈스쿨영어. 소년은 천천히 금요일 일정을 헤아렸다. 가능한 시간은 오전 시간, 지금뿐이었다. 소년은 미술용

품이 들어 있는 서랍을 열었다. 물감을 흠뻑 적신 붓과 스펀지로 벽지를 칠하기 시작했다. 물감을 다 쓴 후엔 크레파스와 매직펜으로 칠을 더해갔다. 가장자리를 잘라낸 4절 도화지를 레고블록 쌓듯 차곡차곡 벽에 붙였다. 무슨 색이든 상관없었다. 녹색만 아니라면.

집에 돌아온 여자는 소년의 방을 보고 탄성 한 번 내지 않았다. 잘 훈련된 얼굴이 온화한 미소를 띠는 걸, 소년은 불안한 눈으로 바라보았다. 방송에 나온 여자의 얼굴이 꼭 그랬다. 따뜻한 색으로 코팅된 채 완벽하게 대칭을 이룬 입꼬리로 여자는 웃었다.

주말을 보내는 동안 엉망이 된 벽지에 대해 언급하는 사람은 없었다. 여자와 남자는 드물게 주말 내내 집에 있었다. 남자는 새로운 레고 시리즈를 소년에게 선물했다. 소년은 하얗고 파랗고 분홍으로 덧칠된 자신의 방 대신 거실에 블록을 펼쳤다. 서재에서 나온 남자가 소년이 노는 모습을 지켜보았다. 함께 블록을 쌓거나 군함 갑판에 놓인 인형을 움직여주진 않았다. 마음에 드니, 남자가 물었고 소년은 고개를 끄덕였다. 소년의 앞이마를 가볍게 쓸어준 남자는 서재로 들어가 저녁식사

시간까지 나오지 않았다.

일요일 오후엔 여자가 소년의 책가방을 챙겨주었다. 드문 일이었다. 소년은 유치원 때부터 스스로 가방을 챙겼다. 소풍날 물통을 깜빡하는 바람에 화장실에서 몰래 수돗물을 마신 일도 있었다. 그럼에도 여자는 소년의 가방을 털고 구겨진 모서리를 폈다. 깨끗이 깎은 연필을 필통에 넣고, 소년이 미리 넣어둔 책과 공책을 크기순으로 다시 배열했다. 소년의 발은 겨우내 일 밀리미터도 자라지 않았지만 새로 산 실내화에 이름을 써넣는 것도 잊지 않았다. 마지막으로 여자는 소년을 데리고 미용실에 가 머리카락을 자른 뒤, 아이스크림 가게에 들러 여섯 가지 맛을 고르게 했다. 소년은 쇼케이스에 진열된 샘플을 되는대로 가리켰다.

소년만큼 작은 머리통의 열 살들이, 소년만큼 어리둥절한 얼굴의 열 살들이 교실에 앉아 있었다. 개학식은 금세 끝났다. 새로운 담임선생은 매해 비슷비슷한 얼굴이었다. 소년은 담임선생이 가진 치밀한 온화함이 거북해 고개를 숙였다. 그것은 소년이 오랫동안 보아온 여자의 얼굴과 같은 종류의 것이었다. 열 살들은 옆자리

아이의 집 동, 호수를 물으며 쉬는 시간을 보냈다. 대규
모 아파트 단지 내의 학교라 아이들 주소가 대부분 같
은 탓이었다.

— 넌 몇 층 살아?

— 45층.

소년은 대답 뒤 빠르게 덧붙였다.

— 너무 높아, 45층은.

열 살들은 고개를 갸웃하거나 그게 뭐가 높아, 라고
대답했다. 엘리베이터가 고장 나면 큰일이겠다, 라고
답하기도 했다. 소년은 입을 다물었다.

집에 돌아온 소년은 도우미 아주머니가 드물게 자신
의 안색을 살피고 있음을 깨달았다. 소년이 화장실에
서 소독제를 사용해 손을 씻고, 가정통신문을 꺼내 알
림판에 꽂은 뒤 자신의 방 앞에 서는 모든 순간에 시
선이 따라붙었다. 여자와 남자는 한밤이 되어야 돌아
올 터였다. 3시 영어학원— 4시 반 독서논술 — 6시 저
녁식사 — 7시 반 역사토론수업. 남은 일정을 중얼중얼
읊던 소년이 방문을 연 채 우뚝 굳었다. 소년의 방은 이
전보다 한 톤 밝은 녹색 벽지로 완벽하게 도배되어 있

었다.

*

— 그래서 죽으려고 했단 거야? 네 방 벽지가 녹색이라서?

— 그런 건 아냐. 벌써 몇 년 전 일이고.

— 아니면? 갑자기 벽지 애길 왜 하는데?

— 그냥, 한 번쯤 얘기해보고 싶었어. 내가 그때 왜 그랬는지 아무도 물어보지 않았으니까.

알마가 눈을 한 줌 집어 모닥불에 뿌렸다. 신경질적인 움직임과 달리 불꽃에 실려 탁탁 터지는 눈 조각이 예뻤다. 그릇을 가지러 산장으로 들어간 알마의 삼촌은 벽지 얘기가 다 끝날 때까지 돌아오지 않았다. 고구마가 다 타버리는 거 아닐까. 점점 진해지는 냄새에 소년이 집게로 불 아래쪽에 묻어둔 호일 뭉치를 끌어냈다. 장작이 흩어지며 모닥불이 볼품없이 퍼졌다.

— 뭐라고?

— 아무 말도 안 했어. 왜 자꾸 물어?

— 뭘?

— 알마도, 삼촌도, 나한테 왜 자꾸 묻는 거냐고.

— 노루 너 혹시…… 모르는 거야?

소년은 호일 뭉치 중 제일 작은 것을 골랐다. 그런데 고구마가 여덟 개나 됐던가? 일곱 개 넣은 것 같은데. 소년이 집게를 이용해 조심조심 호일을 벗겨냈다. 가느다란 틈이 생기자 갑자기 불꽃이 타다다닥 튀어올랐다. 소년이 눈을 집어넣고 말았던 알루미늄 호일이 고구마와 함께 딸려들어간 모양이었다. 깜짝 놀라 나동그라진 소년이 팔꿈치로 기어 뒤로 물러났다.

— 넌 정말, 예상보다 훨씬 더 멍청하구나.

알마가 한심하단 얼굴로 소년을 내려다보았다. 삐뚜름한 입술과 찡그린 눈가가 조금도 조화롭지 않았다. 알마의 발에 채인 호일 뭉치가 모닥불 안으로 도로 굴러들어갔다. 남아 있던 눈 조각이 타올랐다. 알마가 아까 만들어준 막대불꽃만큼이나 소란하고 예쁜 불꽃들이었다. 그럼에도 소년은 알마의 얼굴을, 비대칭으로 찌그러진 알마의 얼굴을 한참 동안 바라보았다. 평화로운 일상이었다.

알마의 삼촌이 불가로 나온 건 소년이 샛노란 고구마 속을 절반가량 파먹었을 때였다. 알마는 소년에게 커다란 고구마 두 개를 굴려준 뒤 남은 고구마를 두 개, 두 개, 한 개로 나눴다.

— 그런데 노루, 모닥불 익숙하네? 촌스럽게 유난떨 줄 알았더니.

— 해봤어.

— 어디서?

— 학교에서 자주 피워줬어. 고구마랑 감자 구워먹고, 주말엔 삼겹살 파티도 하고. 마른나무 주워오는 건 초등부 담당이었는데, 한번은 중등부 형이 내 키만 한 나무기둥을 주워왔었어. 근데 하필 그게 개미집이라 일개미가 끝도 없이 기어나와서……

— 뭐라는 거야. 아파트 단지에 불 피울 데가 어디 있다고?

— 그 학교는 더 못 다녔어.

— 왜?

— ……그럴 일이 있었어. 시골에 있는 대안학교로 전학간 뒤엔 기숙사에서 살았는데 엄청 작고 후진 학교였어. 그래도 난 거기가 좋아서, 중등부까지 계속 다니고 싶었어. ……결국 안 됐지만.

그럴 일이 있었다니 그게 뭐야, 라고 묻던 알마가 말을 멈췄다.

소년의 뒤에서 뻗어나온 손이 장작 하나를 집어 불을 정리했다. 넓적하게 퍼져 있던 모닥불이 다시금 항아리 모양으로 타올랐다. 소년은 엉겁결에 움츠렸던 몸을 풀었다. 소년과 지나치게 가까운 거리에, 소년의 시야에 갑작스레 끼어드는 타인은 여전히 당혹스러웠다. 그래도 알마와 알마의 삼촌이라면 이제 산장의 허술한 구조만큼이나 익숙했다. 소년이 새 고구마를 골라 뒤에 선 사람에게 내밀었다.

— 삼촌, 고구마 드세요.

— 그래.

대답은 전혀 다른 곳에서 튀어나왔다. 알마의 삼촌은 모닥불 저편에서, 알마와 나란히 서 있었다. 소년은 여전히 모닥불을 향해 뻗어 있는 바로 옆의 손을 질린 얼굴로 쳐다봤다. 동시에 소년의 뒤에 서 있던 사람이 소년을 향해 몸을 기울였다. 검고, 다만 검은 사람이었다. 소년은 팽팽하게 당겨진 온몸의 근육을, 경직된 기관들을 어쩌지 못했다. 사람들, 낯선 사람들이 나를 둘러싸고, 나를 에워싸고, 나를 비난하는 사람이 하나 둘 셋이나. 소년의 입이 크게 벌어졌다.

— 올빼미가 일층에 내려와 있더라. 고구마 먹자고 데려왔지.

— 오늘이 벌써 일요일이에요? 아저씨 해동되는 날인 줄 알았음 아까 얘기할걸. 요즘 저 바보 노루 때문에 통 정신이 없어요. 멍청하고 촌스러운데다 말이 어찌나 많은지. 참, 아저씬 처음 보죠? 그쪽은 노루예요. 노루, 이쪽은……

소년은 침묵 속에 홀로 있었다. 검고 둥근 불꽃과 푸른 불꽃 사이의 얇은 막에 갇힌 채였다. 뜨겁고도 격렬한 침묵이 소년을 짓눌렀다. 벌어진 소년의 입에서는 어떤 소리도 새어나오지 않았다.

적어도 소년은 그렇게 느꼈다.

녹색 늪에 잠기던 순간과 똑같았다. 해초와 이끼가

온몸을 갉아먹던 순간과 똑같았다. 소년은 필사적으로 마비된 몸을 뒤틀었다. 겨우 풀려난 팔로 바닥을 내리쳤다. 나를 깨워줘, 이 꿈에서 깨게 해줘, 어서 나를 깨워줘. 달궈진 알루미늄 호일과 터진 고구마 속이 소년의 팔에 엉망으로 달라붙었다. 화상을 입어 물집이 잡히는데도 소년의 발작은 멈추지 않았다.

알고 보니의 세계

최근 청소년 범죄에 대한 논란이 왜 커지고 있는지 아십니까? 범행 방식이 가차 없고 잔인해서? 범행에 비해 법적 제재가 너무 약해서? 초범 평균연령대가 낮아지고 재범률은 높아지기 때문에? 이 나라를 이끌어갈 새싹이자 기둥들이 일찌감치 오염된 탓에 국가 존립 자체에 위협을 느껴서? 글쎄요. 왜 논란이 되는가가 중요한 게 아니라는 점만은 확실합니다. 핵심은 지금의 청소년들이 이전 세대와 무엇이 다른가, 라는 부분이죠. 예를 들어 청소년 범죄가 갈수록 잔악한 성향을 띠는 건 그들에게 이유가 없기 때문입니다. 일반적인 사람은 말이죠, 사이코패스가 아닌 이상 자신의 감정이 발생한 이유와 변화과정을 인지합니다. 예를 들어 A라는 사람이 B라는 사람에게 어린 시절부터 심각한 괴롭힘을 당해왔다고 가정해보죠. 차츰차츰 커진 A의 분노가 어느 순간 폭발합니다. B를 무차별 폭행해 사망에 이르게 할 수도 있겠죠. 그때 A를 붙잡고 B를 왜 살해했느냐고 물으면 반드시 이유를 댑니다. 그놈이 하는 짓을 더 이상 참을 수 없었다, 그놈은 짐승이다, 그놈이 나를 십 년간 협박하고 폭행해왔다, 어느 날 내가 살해당할지 모르니 내가 먼저 죽인 것이다, 등등. 이들에게는 '왜'라는 질문이 상당히 의미 있습니다. 왜 그런 짓을 했습니까, 왜 그런 생각이 든 거죠, 왜 하필 이 흉기를 선택하셨습니까, 같은 질문들이요. 이들의 감정변화를 풍선으로 설명해보죠. 풍선을 든 A는 분노가 쌓일 때마다 풍선에 바람을 불어넣습니다. 분노와 슬픔과 저주가 뒤섞인 풍선이 주체할 수 없을 만큼 커져 기어코 터져버리는 순간 범죄가 발생하는 거죠. 그러므로 이것은, 어느 정도 예방과 치료가 가능합니다.

청소년들의 경우는 어떨까요. 이들에게는 풍선이 부풀어가는 과정 자체가 없습니다. 이들은 시작과 끝만 있는 세계에 살죠. 아무도 불지 않은 풍선을 슬쩍 보여준 뒤 바로 터진 조각을 내미는 식이에요. 당연히 이해하기 어렵죠. 청소년들은 유아기부터 너무 쉽게 결과를 보여주는, 항상 결과만을 보여주는 세계에서 살아왔습니다. 정보화세계가 되었다는 건 그런 겁니다. 모든 정보를 누구보다 빨리 접할 수 있게 되었는데, 그건 대개 결과물이죠. 과정을 헤아리고 일일이 근원을 따져보기엔 정보 자체가 너무 많다는 겁니다. 우리는 태평양에서 일어난 선박침몰사고나 말레이시아 항공기 실종사건, 이슬람 폭탄테러 같은 사건들을 거의 실시간으로 접하게 됩니다. 결과가 나오고 '왜'는 나중이죠. 호기심이 많거나 의무감을 가진 몇몇 사람만이 이유에 대해 검색할 뿐, 대부분의 사람들은 헤드라인만으로 충분히 '알았다'고 생각합니다. 우리는 때로 다음 사건, 다음 현장으로 넘어가기 위해 슬픔을 재단하고 사건과 타협합니다. 충분히 슬퍼하거나 분노할 겨를도 없이, 사건을 똑똑히 파헤쳐 썩은 뿌리를 잘라낼 틈도 없이 뛰어다니죠. 사실 감정에 있어 이제 그만, 이란 건 모순입니다. 감정을 충분히 소모하지 못하면 새로운 시작점으로 돌아갈 수 없기 때문입니다. 정보에 치어서 우리는 스스로를 비인간화시키고 있는 거나 마찬가지죠. 청소년들은 이런 식의 짧은 순환에 익숙해져 있습니다. 그들은 널린 정보를 훑어보기만 할 뿐 연결하려 들지 않죠. 타인의 감정이나 상황에 공감하는 능력도 떨어집니다. 깊이 사고하지 않으니까요. 요즘 청소년들이 쓰는 말을 들어보셨나요? 헐, 소름, 개쩔어. 그게 사건에 대한 감상의 전부라니 난감한 일입니다. 배가 침몰했대, 헐, 소름, 개쩔어. 그러고는 끝. 다음 정보로 넘어가는 데 십 초도 걸리지 않죠. 그러니 왜, 라는 질문이 필요치 않습니다. 그럴 겨를도 없고요.

청소년들과 가장 가까이 접해 있는 현대사회의 단면을 한번 들여다보죠. 이를테면 '알고 보니의 세계'랄까요. 시작과 끝만 있는, 타당한 이유도 과정도 존재하지 않는 세계 말입니다. 여러분의 스마트폰을 한번 보시겠어요? 인터넷창을 열고 뉴스 기사를 훑어보세요. 제일 먼저 뜨는 기사는, 음, 이거군요. 배우 장기준 강간사건

휘말려. 흥미롭네요. 장기준은 제 아들이 상당히 좋아하는 배우입니다. 아직 열네 살밖에 안 됐는데 어쩐 일인지 걸그룹 멤버보다 실력파 중견배우를 좋아하더라고요. 아무래도 부모의 영향이 큰 거겠죠. 장기준이 강간범? 알고 보니. 자, 이 헤드라인을 클릭해보죠. 뭐가 나오는지 확인하셨나요? 알고 보니 신작영화에서 강간범으로 파격변신. 영화 홍보기사였네요. 대수롭지 않은 일에도 자극적인 제목을 붙여 호기심을 자극하는 화법은 이제 일상에 가깝습니다. 결과, 그것도 진실을 상당 부분 왜곡할 가능성이 있는 파편화된 결과만을 보여준 뒤 이유를 갖다붙이는 식이죠. 논리적이지도, 상식적이지도 않습니다. 왜, 에 대한 답변의 타당성은 이런 식으로 소거되어온 거죠. 유아 때부터 미디어에 노출되어온 청소년들은 이런 '알고 보니' 식의 화법에 더욱 익숙합니다. 단순하고 쉬우니 사고의 영역은 점점 좁아지죠. 논리의 고리는 더욱 허술해집니다. 상관없지 않느냐고요? 아니죠. 알고 보니의 세계는 청소년 범죄와 똑같은 룰을 가지고 있습니다. 자극적인 팩트만 있다면 이유는 상관없다는 식으로요. 풍선이 점점 커지는 과정 자체가 필요 없는 겁니다. 청소년들은 말갛고 순진한 얼굴로 상상조차 할 수 없는 끔찍한 범죄를 저지릅니다. 그러다 우리가 '왜 그랬느냐'고 물으면 이렇게 답하죠. 그냥요, 재밌을 것 같아서요, 영화에서 봤어요.

학급 친구를 여관방에 감금, 폭행, 성폭행한 뒤 친구가 죽자 불에 태워 야산에 묻어버린 아이들에게 왜냐고 물었더니 그냥요, 합니다. 노숙자를 야구방망이와 벽돌로 때려 죽인 청소년들에게 왜냐고 물었더니 재밌을 것 같아서요, 하고요. 살아 있는 참새를 폭죽에 묶어 불을 붙여 터뜨린 아이들에게 왜냐고 물으면 게임 흉내낸 거예요, 한다는 거죠. 이들은 '알고 보니' 다음에 그럴듯한 이유가 붙는 걸 한 번도 본 적이 없는 겁니다. 그러니 자기들도 빈약하기 짝이 없는, 때로는 유족과 피해자를 조롱한다고밖에 볼 수 없는 이유들을 당연하다는 듯 내놓는 거죠. 그게 잘못됐다는 인식조차 없이 말입니다. 그러니 위험하다는 겁니다. 그애들은 이유와 과정이 없다는 것을 전혀 이상하게 여기지 않거든요. 청소년들의 세계, 즉 알고 보니의 세계에서는 문지마범죄나 사이코패스, 무동기살인 같은 게 아무런 의심 없이 받아들여지고 있습니다. 도심 한복판에서 흉기를 휘둘러 사람들을 사상케 한 범인을 보며 헐, 소오름, 게임이랑 똑같네, 개쩐다, 라고 내뱉고는 바로 유튜브나 SNS에 몰두합니다. 대체 왜 그랬을까, 무슨 일이 있었을까, 묻지 않으니 자신들의 잘못이 뭔지도 모르는 겁니다.

이번 목숨턱걸이사건도 마찬가지입니다. 중학교를 졸업했을 뿐인 어린 학생들이, 그간 괴롭혀왔던 학생에게 빌라 4층 베란다난간에 매달려 턱걸이를 하라고 강요한 이유가 뭐겠습니까. 재밌을 것 같아서, 인터넷에서 봤으니까. 그런 이유를 대고 있는 게 이 아이들이 특별히 괴물이라거나 사이코패스여서가 아니라는 겁니다. 이들을 잔학무도한 범죄자로 몰아 처벌하는 것만이 사건을 해결하는 길은 아니라는 말씀을 드리는 겁니다. 이게 오롯이 학생들에게만 책임을 전가할 수 있는 문제입니까? '알고 보니의 세계'를 만들어낸 기성세대와 사회의 책임이 전혀 없다고 말할 수 있을까요? 그간 우리가 청소년들을 세뇌시켜왔던 대로, 현대사회 화법대로 이 사건의 헤드라인을 한번 작성해봅시다. 대충 이런 식이 되겠죠. 졸업식 죽음의 이벤트, 알고보니.

*

소년은 장기준에 대해서 생각했다. 여자의 길고 어지러운 말 중 제대로 들은 건 그 부분뿐이었다. 장기준은 제 아들이 상당히 좋아하는 배우입니다. 소년은 장기준이 누구인지 몰랐다. 소년은 중학교 진학을 위해 집으로 돌아온 뒤 텔레비전을 전혀 보지 않았고, 그건 여자의 의지에 따른 것이었다. 수위 조절이 아슬아슬한 개그 프로그램이나 혹독하게 서로를 비난하며 웃음을 짜내는 토크쇼를 여자는 경멸했다. 소년에게 허락된 것은 교육방송 프로그램과 간혹 여자가 골라주는 영화와 공연실황 DVD였다.

소년은 아직 어렸으므로 여자의 얼굴이 지나치게 상기되어 있다는 사실을 알지 못했다. 여자는 배심토의에서 6명의 배심원 중 하나로 선발됐다는 것과, 그 토의가 적당히 편집된 뒤 주말 황금시간대에 방송되도록 편성되어 있다는 사실에 들떠 있었다. 그렇다 해도 여자가 소년과 남자를, 자신이 일하는 장소에 데려간 것은 처음이었다. 남자는 회사에 반차를 내는 대신 주말을 반납해야 했지만 지금까지의 근무양태와 크게 다르진 않았다. 소년은 대부분 아르바이트생으로 채워진 청중석 맨 뒷자리에, 전화를 받으러 나간 뒤 돌아오지 않는 남자의 빈자리 옆에 혼자 앉아 있었다.

프로듀서는 잠시 촬영을 중단하고 여자를 불렀다. 그는 여자에게 발언내용이 너무 장황하다고 말했다. 토의 주제에서 벗어나 있는데다, 그마저도 일관성이 없어 논지가 뭔지 모르겠다고 지적했다. 동시에 이 프로그램은 적당히 이상적이고 무턱대고 희망적인 메시지를 섞어 잘 아우르면 끝나는 대중 프로그램과 다르니 통찰력 있고 현실성 있는 대안을 제시하라고도 충고했다.

— 요컨대, 지금처럼 생각나는 대로 떠들어대지 말란 얘깁니다. 중학생 목숨턱걸이사건에만 집중해서 얘기하라고요. 아시겠습니까?

프로듀서의 얼굴이 낭패와 짜증으로 노랗게 물들어 있었다. 그럼에도 여자는 잘 짜놓은 미소로 응수했다. 자신이 어느 위치에 있는지, 주장할 수 있는 일의 범위가 어디까지인지를 분명히 알고 있는 이의 미소였다. 여자는 때로 스스로를 방송인이라고 소개할 정도로 유명해져 있었다. 게다가 이번 방송 출연은 프로듀서와 여자의 목적한 바가 완전히 달랐다. 여자는 허리를 꼿꼿이 세운 뒤 청중석에 앉아 있는 소년을 돌아보았다. 여자는 가능한 여유롭고 우아한 태도로 이 자리를 지킬 작정이었다.

─ 무슨 소린지 알아듣지도 못할 텐데 애를 왜 데려가는 거야?

─ 이런 게 다 경험이죠.

방송국으로 오는 차 안에서 남자가 묻자 여자는 단호하게 대답했다.

─ 부모가 어떤 일을 하고 있는지 알아두는 것도 중요해요. 자존감이 높은 부모를 둔 아이들이 긍정적이고 매사에 적극적인 덴 다 이유가 있는 거라고요.

─ 그래도 하필 이렇게 민감할 때에……

남자가 룸미러로 소년을 흘끔 넘겨보는 걸, 소년은 눈을 감은 채로도 알 수 있었다. 그럴수록 정면돌파가 답이에요. 여자의 목소리가 은근하고 단단해졌다.

─ 우리 애가 그 사건과 전혀 관계없다는 걸 어떤 식으로든 보여줘야죠.

소년은 아직 어렸으므로 녹화장의 날선 분위기를 이해할 수 없었다. 배심원들은 여자의 발언에 유독 민감했고, 일찌감치 여자가 자신의 아들이라고 소개한 소년 주위를 의도적으로 맴돌았다. 스텝들은 물론 청중석 사람들조차 노골적으로 소년을 돌아보고 수군댔다.

그러니까 청소년 범죄성향이니 사회구조적 결함이니 거창한 소린 그만두고 이 사건에 대해서만 얘기해보자 이겁니다. 사건 자체는 명확합니다. 안 그렇습니까? 중학교 졸업식 날, 십여 명의 학생들이 평소 왕따 시켜오던 반 학생을 데리고 빌라 4층으로 올라갔습니다. 거기서 피해 학생에게 베란다난간에 매달려 턱걸이를 하라고 강요했고요. 여기까지 정확합니까? 난간에서 떨어진 피해자는 한때 생명이 위독할 정도의 중상을 당했습니다. 이 사건이 알려졌을 당시 여론은 분노로 들끓었어요. 그런데 지금 보십시오, 가해자로 지목됐던 학생들은 제대로 처벌도 받지 않은 채 뿔뿔이 흩어졌습니다. 사건 자체가 흐지부지되었단 말입니다. 오히려 피해자가 고등학교 진학을 포기하고 은둔해 있는 실정입니다. 정확합니까? 심지어 가해자 중에 경찰조사 도중 의도적으로 누락된 학생이 있다는 소문까지 돌고 있죠. 유명인의 자식이라는 이유로 기본적인 조사조차 받지 않은 채 빼돌려졌단 말입니다. 이게 말이나 되는 소립니까? 지금까지 발언하신 청소년 심리전문가에게 묻겠습니다. 정말로 가해자들에게 책임이 없다고 생각하십니까? 이게 전부 사회와 기성세대가 만들어낸 문제이니 가해자들에게 무조건 면죄부를 줘야 한다고 계속 주장하실 작정입니까? 가해자에게 터무니없이 너그러운 잣대를 적용하는 이유는, 다른 이유는 정말 없는 겁니까? 정확합니까?

이후 여자는 한 번 더 발언했고, 한 번 더 촬영이 중단됐다. 프로듀서가 진행자와 오래 이야기하는 동안 여자가 소년의 옆으로 왔다. 소년의 옆자리는 여전히 비어 있었다.

— 잘 듣고 있니?

— 네.

— 지루하지?

— ……

— 저 사람들 말을 다 귀담아들을 필요 없어. 잘 알지 도 못하면서 저 좋을 대로 떠들어대는 사람들뿐이거든. 소문도 신경 쓰지 마. 엄마는 너를 믿고 있단다. 지금 저기서, 엄마는 그걸 증명해 보이고 있는 거야. 엄마가 너를 얼마나 믿고 있는지, 우리가 얼마나 당당한지 보 여주려는 거야. 이해하지?

— 네.

— 넌 아무 잘못도 없어. 엄만 다 알아, 넌 우연히 그 자리에 있었을 뿐이잖니?

소년이 깊게 고개를 끄덕였다.

— 고작 1학년생인 네가 뭘 어떻게 저항했겠니? 상담 소에서 그런 류의 사건은 수도 없이 들어봤단다. 돈 많 고 어수룩해 보이는 신입생을 불량학생들이 어떤 식으 로 포섭하고 협박하는지 나만큼 잘 아는 사람은 없어. 처음엔 피시방이나 같이 가자며 허물없이 대했을 거고, 네가 점점 더 많은 돈을 쓰게 만들었을 거고, 자기들이 나쁜 짓을 하는 동안 망을 보게 했을 거야. 그렇지? 게 다가 넌 대안학교를 다니다 진학했으니 얼마나 얕보였

겠니.

— 아니, 그런 건 아니……

— 그러니까 그애가 다친 건 네 잘못이 아니야. 죄책
감 느낄 필요도, 주눅들 이유도 없어. 사람은 다 본능적
으로 자신을 지키고 싶어 한단다. 비겁하거나 부끄러운
일이 아니야. 저항했다면 베란다난간에 매달린 사람은
김도준이 아니라 네가 됐을지도 모르잖니. 누구라도 그
랬을 거야. 당당하게 어깨를 펴.

— 나는요, 정말……

— 그래, 그래, 다 안다.

여자가 힘주어 말했다. 소년의 어깨를 짚은 손에 파
랗게 핏줄이 서 있었다.

— 네 맘을 내가 모르면 누가 알겠니. 난 엄마야. 게
다가 내겐 널 지켜낼 힘이 있지. 나만 믿으렴.

녹화가 다시 시작되었다. 중단되는 일 없이 진행이
매끄러워졌다. 대신 여자의 마이크에 불이 켜지는 경우
는 드물었다. 여자는 굳은 뺨으로, 그러나 여전히 잘 건
조된 얼굴로 자신의 자리를 지켰다. 고요해진 청중석
에서, 소년을 돌아보는 시선도 잠잠해졌을 즈음 남자

가 돌아왔다. 남자는 찬바람 냄새가 나는 손으로 소년의 앞이마를 쓸었다. 다정하다기보다 어쩔 줄 몰라 하는 듯한 손길이었다. 남자가 여자를 향해 나르시시스트, 라고 중얼댔다.

소년은 발밑에 깔린 천에서 눈을 떼지 못하고 있었다.

의자 끌리는 소리를 방지하기 위함인지 까끌까끌한 녹색 부직포 같은 것이 바닥에 넓게 깔려 있었다. 스튜디오에 세 시간 가까이 머물렀지만 방금 전까지 전혀 깨닫지 못한 사실이었다. 그저 어두운 색 천이라고만 생각했다. 소년은 여자가 다녀간 뒤 눈에 띄게 선명해진, 당장이라도 출렁댈 것처럼 뚜렷해진 녹색에 아연했다.

소년이 턱과 귀 뒤를 빠르게 긁었다. 땀에 젖은 손을 허벅지에 문질렀다. 인중에 흥건한 땀을 닦아내고 콧등을 만지작거렸다. 당장이라도 재채기가 나올 것처럼 코와 목구멍이 간질댔다.

— 나, 가고 싶, 어요.

소년이 숨을 여러 번 잘라 삼키며 남자에게 말했다.

— 조금만 참아.

— 나, 가고,

— 지금 나가면 다들 이상하게 생각할 거다. 저기 카메라가 자꾸 네 쪽으로 도는 거 보이지? 침착하게, 태연하게 앉아 있어. 네 엄마 말대로 이건 아주 중요한 일이야.

말소리가 울렸는지 프로듀서와 스텝들이 소년 쪽을 돌아보았다. 비난 섞인 시선이 날아들었다. 녹슬고 무딘 촉이 달린 화살처럼 둔중한 타격을 주는 시선이었다. 펜 부분이 서서히, 그러나 확실하게 삭기 시작했다.

소년은 명치에서 치밀어오르는 한기에 몸을 떨었다. 입을 열면 차갑게 굳은 해초 덩어리가 튀어나올 것 같았다. 허리를 비틀고 있던 녹색 천이 몸을 일으켰다. 호의라곤 전혀 없는 시선들이, 의심과 경멸로 가득 찬 시선들이 소년의 정수리에 꽂혔다. 잘 알지도 못하면서. 잘 알지도 못하면서 좋을 대로 떠들어대지 마. 왜 내 말은 조금도 들어주지 않아? 난 정말, 우연히 거기 있었을 뿐이야. 가해자고 피해자고 한 번도 본 적 없어. 도망친 게 아니라 정말로 나와 관계없는 일이었다고. 내 말은 듣지도 않으면서 왜 다 안다고, 다 이해한다고 하는 거야? 대체 뭘?

소년의 턱 아래쪽에서부터 이끼가 돋아났다. 끝이 갈고리 모양으로 휜 기형이었다. 갈고리가 몸을 뒤덮는 동안 소년의 몸은 매일 밤 그래왔듯 발작적으로 꿈틀댔다. 거세게 몸을 턴 소년이 재채기를 뽑아냈다. 아주 커다란 재채기를 했다고,

적어도 소년은 그렇게 느꼈다.

이해의 영역

눈이 내리고 있었다. 소년은 침대에 누워 있다 눈
내리는 소리에 잠에서 깼다. 그토록 거친 소리를 내며
내리는 눈도 있다는 걸 소년은 처음 알았다. 우물가에
앉아 있으면 터벅터벅 눈 쌓이는 소리도 들릴 것 같았
다. 소년은 몸을 일으켰다.

알마의 삼촌은 막 나갈 준비를 끝낸 참이었다. 준비
라고 해봐야 허룩한 실내화를 바닥이 거친 등산화로 갈
아 신는 게 고작이었다. 식사시간이 지났는지 식탁에
놓인 몇 개의 그릇을 알마가 치우고 있었다. 숲에 다녀올게. 아직 눈 내려요, 삼촌. 슬슬 멎을 때가 됐어, 노래도 끝났고. 이번엔 어느 나라였어요? 모른다더라. 모르는 자장가가 있어요? 올빼미도 모르는 것 정도는 있겠지. 내가 듣기엔 다 비슷비슷하니까. 나갔다 온다.

언젠가와 똑같은 대화가 이어졌다. 소년이 희미하게 웃었다. 알마는 여전히 레고인형과 닮아 있었고 알마의 삼촌은 늙은 남자가 으레 그렇듯 무뚝뚝하고 단조로운 얼굴이었다. 밖으로 나가면 누군가 잘라먹고 도망친 두부처럼 생긴 산장이 보일 것이었다. 달라진 건 아무것도 없었다. 그런데 그 스튜디오에서는 무슨 일이 있었지? 간밤의 그 검은 사람은 어디로 사라졌고?

— 너도 가자.

알마의 삼촌이 비닐봉지에 담긴 주먹밥을 소년 앞으로 내밀며 말했다. 양손으로도 다 감싸지지 않을 만큼 커다란 주먹밥이었다.

— 숲에 가면 기분이 좀 풀릴 거다. 갔다 와서 올빼미와 제대로 인사도 하고. 올빼미가 기괴하게 생기긴 했다만 그런 반응은 너무하잖냐.

주먹밥을 받아들던 소년이 흠칫했다. 오른쪽 팔뚝에

동여매진 붕대가 낯설어서였다. 그리고 보니 욱신거리는 통증과 함께 붕대 밑이 뜨거웠다. 이전에도 종종 이런 일이 있었다. 베이거나 긁힌 상처는 흔했고, 물건이 수시로 부서지거나 깨졌다. 소년은 잠자코 알마의 삼촌을 따라 나섰다. 눈이 시끄러운 소리를 내며 쏟아지고, 쌓였다. 바람은 거의 불지 않았다.

알마의 삼촌이 산에 오르는 방식은 단순했다. 그저 걸었다. 딱히 정해둔 방향이 있다거나 목적지가 있는 것 같지도 않았다. 삼촌은 때로 두리번거렸고, 내내 걸었으며, 아주 가끔 제자리에 멈춰 귀를 기울였다. 목을 한참 꺾어 나무 위를 살피기도 하고 수풀을 일일이 들춰보기도 했다. 소년은 삼촌과 똑같이 주변을 기웃대며 걸었다.

— 뭘 찾으시는 거예요?

— 동물.

— 개미가 아니라요? 수풀 밑에서 동물을?

— 이런 날 꼭 한 마리씩 있거든. 눈먼 놈이 말이다.

소년은 분지가 이렇게 넓었던가 의아해졌다. 비슷하지만 전혀 다른 모습의 나무들이 끝도 없이 이어졌다.

우물가에 서서 휘둘러봤을 때는 분명 작은 비탈이었는데, 안에 들어와 걷다 보니 빽빽하게 숲이 박힌 밀림이었다. 보기와는 다르네요. 소년이 중얼대자 삼촌이 대답했다. 알마는 어처구니없는 숲이라고 부르더라. 소년은 그도 맞겠다고 고개를 끄덕였다.

알마의 삼촌이 멈춰 선 곳은 어떤 표식도 없는 숲 한가운데였다. 눈이 유독 많이 쌓여 있다는 느낌은 들었다. 소년은 주머니 안에 손을 넣어 주먹밥을 만졌다. 표면이 우둘투둘해진 게 걷는 동안 터지거나 찌그러진 모양이었다. 주먹밥 안에 들었을 양념불고기 같은 걸 소년이 상상하는 동안 알마의 삼촌이 나무를 타기 시작했다.

첫 번째 나무에선 빈손으로 내려왔다. 두 번째, 세 번째 나무에서도 마찬가지였다. 열매가 있나요? 소년이 물은 네 번째 나무에서는 빈손이 아니었다.

소년은 삼촌 손에 들린 것을 이해할 수 없었다. 그것은 머리가 몹시 크고 몸통이 작은 암갈색 오리였다. 오리가 대체 왜 나무 위에? 소년을 더욱 의아하게 만든 건 오리가 두르고 있는 안대였다. 남청색 가죽으로 만들어진 것으로, 일부러 만들어 씌운 듯 오리 머리에 딱

맞는 크기였다. 삼촌이 오리의 안대를 풀어주었다.

— 주먹밥을 조금씩 떼서 먹여줘라.

— 네? 이건 제 몫 아니에요?

— 이 놈 먹이려고 가져온 거야.

— 이렇게 큰데요?

— 가끔 큰 놈도 떨어지니까 말이다. 노루나 양처럼
커다란 놈이.

바닥에 내려진 오리는 꿈쩍도 하지 않았다. 얼이 빠
진 것 같았다. 알마의 삼촌이 익숙한 동작으로 오리 부
리를 열어 작게 뭉친 밥알을 넣어주었다. 보온병 뚜껑
에 솔잎향이 나는 따뜻한 물을 담아주자 오리가 조금씩
움직였다. 물속에 담갔던 부리로 날갯죽지 아래를 비볐
다. 막 태어난 것처럼 부자연스러운 동작이었다. 제대
로 열리지 않는 뻑뻑한 날개를, 알마의 삼촌이 조심스
럽게 펴주었다.

— 이게 대체 뭐예요? 진짜 이상해요.

— 그래, 이건 확실히 이상하지. 눈이 내릴 때면 말이
다, 이렇게 안대를 한 동물들이 숲에 떨어진다. 어디서
오는지 모르겠지만 계속 이렇게 튀어나오니 어쩔 수 없

잖냐. 돌봐주는 수밖에.

— 그 '문'이라는 걸 넘어오는 건가요? 저처럼요?

— 그거야 모르지. 한 가지 확실한 건,

— 확실한 건?

— 조물주가 변태라는 거다. 가죽안대를 씌워서 내던지다니 당최 뭔 생각인지.

알마의 삼촌이 혀를 찼다. 조물주라기보단 누구의 못된 장난이지 않을까요. 소년의 물음에 삼촌이 고개를 저었다. 오리가 부르르 떨더니 가느다란 다리를 내놓았다. 부러진 성냥만큼이나 짧고 빈약한 다리였다. 오리는 산장에서 처음 눈을 뜨던 날의 소년처럼, 자신의 몸을 한 꼭지씩 확인해보고 있었다.

— 이 숲은 분리되어 있어. 올빼미가 그러더군. 문을 통과해서가 아니면 산장으로 들어오는 것도, 산장에서 나가는 것도 불가능하다고. 사실 난 잘 모르겠다. 난 언제든 여길 나가서 산 아래 마트에도 갈 수 있고, 시외버스터미널로도 갈 수 있으니까. 문이 뭔지도 몰라. 하지만 알마와 올빼미는 다르지. 이 오리나 너도 마찬가지일 거다. 분지 끝에 올라가봤냐? 올빼미 말로는 거기에

거대한 유리막 같은 게 씌워져 있다더라. 스노우볼. 그래, 여긴 스노우볼과 똑같이 생겼다고 했지.

— 무슨 소린지 모르겠어요.

— 뭐, 상관없다. 넌 그냥 얌전히 다음 문이 열릴 때까지 기다렸다 여기서 나가면 되는 거야. 이번엔 멍청하게 기절해버리는 바람에 못 나갔지만, 문이야 언제고 또 열릴 테니까.

— 이 오리는 어떻게 해요? 잡아먹어요?

— ……자세히 봐라.

알마의 삼촌이 오리 목 뒤를 쓰다듬었다. 삼촌의 손은 위아래로 딸깍이는 것 외엔 하지 못하는 오리의 목과 짝짝이 날개, 뭉툭하게 잘려 도무지 균형을 잡지 못하는 꽁지 등등을 차례로 쓰다듬었다. 모닥불을 올릴 때처럼 신중하고 조심스러운 손길이었다.

— 여기 동물들은 말이다, 자세히 들여다보면 엉성한 것 투성이다. 가끔은 부리가 벌어지지 않는 놈이나 발굽이 납처럼 무거워서 걷지 못하는 놈도 나오지. 그걸 좋다고 잡아먹어서야 체면이 안 서지 않겠냐.

— 무슨 체면요?

— 어른의 체면. 어리고 약한, 미숙한 영혼을 돌봐주는 게 어른의 역할이거든. 봐라, 이렇게 어수룩한 놈도 안대를 벗기고 날개를 주물러주면, 어떻게든 걸어내지 않냐.

오리가 고작 두 발짝 걸었을 뿐인데 알마의 삼촌은 시원스레 박수를 쳤다. 놀란 오리가 다급히 몸을 옮겼다. 커다란 머리 때문에 고부장한 자세나 부리 옆에 붙은 밥풀이 우스꽝스러웠다.

눈밭에 몸통이 절반쯤 파묻힌 채 움직이는 오리를 소년은 물끄러미 바라보았다. 스노우볼이나 눈이 내려야 열리는 문에 대해 다시 묻고 싶었으나 상관없다는 생각도 들었다. 알마에게 물으면 촌스럽기는, 하고 단박에 면박을 줄 게 뻔했다. 그러고 보니 알마는 처음부터 소년에게 말했다. 멍청한 표정 짓지 말고 대충 믿어둬, 이딴 건 흔해빠진 설정이잖아. 넌 책도 안 읽어? 정말이지 촌스러워 죽겠다니까.

눈밭을 다시 걷기 시작했다. 알마의 삼촌은 아까와 달리 일직선으로 걸음을 옮겼다. 빼곡하게 꽂혀 있던 나무들이 듬성듬성해진다 싶더니 금세 우물가가 나왔다. 새로 쌓인 눈이 발자국 하나 없이 매끈했다.

— 그러고 보니 말이다.

알마의 삼촌은 전에 없이 말이 많았다. 소년과 처음 만났을 때의 냉랭한 기운은 조금도 남아 있지 않았다. 무렴하고 무효해 보이던 시선이 방금 오리를 지켜보던 때만큼이나 느슨해져 있었다. 소년은 문득 정사각형의 작은 식탁을 떠올렸다. 모두와 이마를 맞대고 식사하던 순간들을, 수시로 부딪혔던 무릎과 발끝을, 바로 옆에서 달그락대던 소리들을 떠올렸다. 그 작은 소음과 공간이 그들의 관계를 유효화시킨 셈이었다.

— 그놈들이 기특한 일을 할 때도 있지. 너를 구해준 것처럼 말이다.

— 나를 구했다고요?

— 그래. 알마가 너를 왜 노루라고 부르는지 아냐? 그때 숲에 떨어진 건 노루였다. 위에서 떨어지면서 나뭇가지를 죄다 부러뜨렸으니 제법 큰 놈이었지. 안대를 풀어주러 갔더니 노루 밑에 네가 깔려 있더라. 그 노루도 어지간히 놀랐는지 널 깔고 앉아서는 두리번대고만 있고, 눈밭에 누운 네 얼굴이 노루엉덩이 사이에

꽉 끼어서는⋯⋯

*

산장 이층은 상당히 좁았다. 계단 벽에서부터 시작
된 선반이 이층 거실에서 책장으로 이어졌다. 천장 바
로 밑까지 꽉 짜인 책장에 크기와 색깔이 제각각인 책
들이 빈틈없이 꽂혀 있었다. 좁은 거실이었지만 책의
양이 압도적이라 바닥이 꺼지진 않을까 싶을 정도였
다. 소년은 질린 얼굴로 책들을 둘러보았다. 갑옷처럼
책을 두른 벽에 있는 유일한 틈은 방문이었다. 작고 허
름한 나무문이라 돌려 세워놓은 책표지처럼 보이기도
했다. 문 안에는 올빼미의 시간이 고여 있었다. 그러니
까 올빼미의 책 앞에, 두꺼운 나무표지 앞에 서 있는
셈이었다.

방문 앞에 빈 그릇이 담긴 쟁반이 놓여 있었다. 알마
는 소년에게 그 쟁반을 들고 내려오되 방문을 두드리거
나 열어봐선 안 된다고 당부했다.

— 삼촌도 얘기했잖아. 아저씨를 방해해선 안 돼.

— 올빼미라는, 그, 검은 사람을 말하는 거야? 왜 방에 숨어 있는데?

— 아저씨는 숨어 있는 게 아니야. 너무 바빠서 방에서 나올 틈이 없는 거지.

— 뭘 하는데? 뭐가 바빠?

— 넌 진짜 시끄럽구나. 말 많고 궁금한 것도 많고 이상한 것도 많지. 침울한 얼굴로 풀 죽어 있을 때가 차라리 나았어.

소년은 이상한 아이라고 불린 적은 있었지만 시끄럽다거나 말이 많다고 분류된 적은 없었다. 넌 내성적이고 소극적이라. 여자는 소년에게 수시로 그렇게 말했다. 넌 말수가 적잖니. 의젓하게 잘 참는 게 네 장점이긴 하지만. 소년은 여자가 정의해준 장점들을 늘 곱씹으며 지냈다. 대안학교에서의 평가도 비슷했다. 소년은 조용하고 모범적인 학생이었고, 발작을 일으킬 때를 제외하면 존재감이 거의 없었다.

— 아저씨가 바쁜 건 시간표 때문이야. 아저씬 오전 4시에 일어나. 그때 커피를 내려서 12시까지 세상에서 가장 무겁고 진지한 이야기를 써. 점심을 먹고 난 뒤엔

15분 동안 이층 거실을 산책하고, 1시부터 4시까지 유쾌하고 흥미진진한 이야기를 쓰지. 7시까지는 건조하고 냉정한 이야기를. 10시까지는 더럽고 잔혹한 이야기를 써. 11시까지 인간과 사물에 관한 짧은 시를 쓰고, 12시까지 우주와 영혼에 대해 쓰고 나서야 잠들어.

　— 일주일 내내 글만 쓴다는 거야?

　— 아니. 일요일은 책을 읽어. 딱 두 시간만 빼놓고 종일 책을 읽지.

　— 이상해.

　— 너한테 안 이상한 게 하나라도 있었니. 멍청한 노루, 촌스럽기는.

　알마의 삼촌 얘기는 조금 달랐다.

　— 올빼미가 바쁜 건 시간표 때문이야. 완벽한 시간표에 질려 도망쳐 나왔으면서 정작 그 세계에서 벗어나질 못하고 있지. 올빼미의 시간표는 알마가 말한 것보다 훨씬 절대적이야. 인생을 모조리 쪼개 시간별로 설계한, 거대한 계획표 뭉치가 돌아가고 있는 거니까. 시계태엽장치처럼 수백 개의 톱니가 맞물려 돌아가는 중이지.

— 굉장하네요.

— ……불쌍한 거지. 톱니가 어그러지면 시계는 멈
춰. 올빼미는 똑똑하고 특별해. 그만큼 위태롭지. 너무
정교한 장치는 일 나노미터의 오차만으로도 회복불능
이 되어버리거든. 애초부터 올빼미에게는 선택지가 딱
두 개밖에 없었던 거야. 숨고를 시간도 없이 맹렬히 돌
아가거나, 죽어버리거나.

알마의 삼촌은 소년이 이층에서 가지고 내려온 쟁반
을 개수대에 넣었다. 알마는 다리가 유난히 짧은 나무
의자에 앉아 책을 읽고 있었다. 앞에 늘어놓은 세 권의
책 중 한 권만이 인쇄본이었다. 직접 손으로 쓴 페이지
를 실로 꿰 엮어놓은 두 권의 책이 누구 것인지는 묻지
않아도 알 것 같았다. 알마의 삼촌이 빈 그릇과 알마와
소년을 쓰다듬듯 살피다 덧붙였다.

— 문을 넘어오는 것들은 그게 사람이든 물건이든 동
물이든 죄다 상처 입은 것들뿐이지. 노루, 네가 그렇듯
이 말이다.

*

소년은 대개 순종적이었다.

소년은 소극적이고 내성적이었다.

소년은 시간약속을 잘 지켰고 학습태도가 좋았으며 성실했다. 잡담을 좋아하지 않았고 고집이 없었다. 특별히 흥미를 보이는 분야는 없었지만 그렇다고 특별히 싫어하는 것도 없었다. 사회성은 떨어졌다.

여자의 말에 따르자면 소년은 그랬다.

여자가 채워놓은 상담기록지를 소년은 여러 번 펼쳐보았다. 거기 쓰여 있는 소년에 대해 소년은 거부감에 가까운 거리감을 느꼈다. 그것은 소년이되 소년이 아니었다. 명백한 타인이었다. 그럼에도 소년은 여자가 정의해놓은 대로 생각하고 망설이고 고개를 끄덕였다. 소년은 자신이 기록 속 소년의 역할을 잘 수행하고 있다고 믿었다. 무언가 크게 어긋나 있다는 걸 알게 된 건 여자와 남자의 말다툼 때문이었다.

— 왜 나랑 의논도 하지 않고 멋대로 결정한 거야?

남자는 잔뜩 취해 있었다. 녹색 늪에 잠겨 있는 보통의 밤이었으나 웬일인지 소년의 눈이 떠졌다. 크고 차가운 손이 소년의 어깨를 잡아 쑥 일으키는 기분이었다. 소년은 이끼 대신 몸을 채운 한기에 덜덜 떨며 거실로 나갔다.

— 열한 살밖에 안 된 애를 혼자 시골로 보내겠다고? 기숙사형 대안학교? 저애는 치료가 필요한 거지 격리가 필요한 게 아니야!

— 나도 충분히 고민해보고 결정한 거예요. 다 저애를 위한 거라고요. 선생님과 교육 프로그램에 대한 평이 좋은 학교예요. 학생들도 여기보단 열린 마음으로 아이를 대해주겠죠. 조용하고 쾌적한 환경에서 지내다 보면 금세 안정될 거예요. 투렛 증후군 같은 건 그리 대단한 병도 아니라고요.

— 대단한 병도 아닌데 왜 그렇게 애를 치워버리지 못해 안달이야? 모차르트도 걸렸던 병이라면서? 틱장애가 심해진 거니 걱정할 거 없다더니 왜 갑자기!

— 비꼬지 말아요. 무슨 얘길 하고 싶은 거예요?

— 부끄러워?

소년은 남자의 목소리가 생각보다 비열하게 느껴진
다는 데 놀랐다. 소년에 대한 이야기였으나 정작 소년
은 관심 밖이었다. 소년은 부모 앞으로 뛰어나가 싸움
을 말린다거나 자신의 문제가 무엇인지에 대해 묻지 않
았다. 소년은 조용하고 신중한 성격이었으므로, 호들갑
을 떨거나 울음을 터뜨려서는 안 됐다. 소년은 제자리
에 몸을 웅크리고 앉았다. 손끝이 축축했다. 자신을 뱉
어낸 녹색 늪이 새삼 원망스러웠다.

— 부끄러워? 창피한 거야? 아동청소년 심리전문가
로 유명세를 타고 있는데 아들 때문에 구설수에 오를까
두려워? 하긴, 창피할 만도 하지. 교실에 앉아 있던 애
가 갑자기 쌍욕을 퍼부어대면서 책상을 걷어찼다는데,
담임선생한테 차마 입에 담을 수도 없는 음담패설을 해
댔다는데 우리 유명인 박사님께서 얼마나 난감했겠어?
그러니 애를 시골로 쫓아내려는 거 아냐, 응?

— 나는…… 나는, 최선을 다했어요. 저애한테 저급
한 영화 한 번 보여준 적 없고, 이상한 장소에 데려간
적도 없어요. 모욕증은 정말 장애일 뿐이니까 이론상으
론 얼마든지 설명할 수 있어요. 그런데 사람들은 달라

요. 저애가 하는 그 끔찍한 욕들을 내가 한다고 생각한 다고요. 내가 하는 상스런 말과 행동을 아이가 따라 하는 거라고, 그렇게 생각하고 날 비난해요. 날더러 어쩌라는 거예요? 정작 나도 모르겠는데, 저애가 그런 말들을 대체 어디서 배워 와 떠드는 건지, 어떻게 멈춰야 하는 건지 나도 모르겠는데 대체 뭘 어쩌라고!

*

― 그래서 죽으려고 했단 거야? 모욕증인가 뭔가에 걸려서?

― 그런 건 아냐. 벌써 몇 년 전 일이고.

― 아니면? 갑자기 그 얘길 왜 하는데?

― 그냥, 한 번쯤 얘기해보고 싶었어. 내가 그때 뭘 했는지 아무도 말해주지 않았으니까. 나한테 무슨 일이 벌어지고 있는 건지 아무도 나한테 설명해주지 않았으니까.

― 노루 넌, 아주 고약한 욕을 해.

알마가 책을 쥔 채 얼굴을 찡그렸다. 소년이 곁에 앉

은 뒤로 한 장도 넘기지 못한 책이었다. 친밀한 악인. 꼬박꼬박 눌러쓴 제목이 어둡고 서늘했다.

— 처음엔 식탁을 내리치면서 씨발년들아, 그랬어. 깜짝 놀랐는데 넌 아무렇지도 않은 얼굴로 카레를 먹고 있어서 꿈인가 했지. 그다음엔 서랍을 부쉈어.

— 서랍을?

— 기억에 없지? 들어보지도 못한 난잡한 욕을 하면서 서랍을 부수고는, 또 천연덕스런 얼굴로 말을 걸기에 미쳤나보다 했어. 올빼미 아저씨가 알려줬어, 그런 병이 있다고. 자기도 모르게 갑자기 욕설을 퍼붓거나 경련을 일으키거나 하는데, 그건 본인의 의지와 전혀 상관없는 거라더라. 그러니 널 비난해선 안 된다고 했어. 고구마 구워먹던 날도 아저씨한테 심한 욕을 하면서 발작했어. 너도 어렴풋이 짐작하고 있었지?

— ……

— 솔직히 그게 무슨 병인지 이해는 안 가. 근데 어차피 여긴 이해하기 힘든 일 투성이잖아? 아저씨도 그랬어, 거짓말로 이해하는 척할 필요 없다고. 과장되게 잘해주는 것도, 모르는 척 선심을 베푸는 것도 위선이

라고.

책장이 좌르르 넘어갔다. 알마는 잠시 말을 멈추고, 가지런하게 정서된 글자들을 더듬었다. 유난히 각진 모양새의 길쭉한 글자들이었다. 왼쪽으로 길게 삐쳐나온 자음과 꺾임이 심한 모음들이 올빼미의 생김과 상당히 닮아 있었다.

— 비밀 하나 알려줄까?

알마가 책을 덮었다.

— 난 있지, 눈물을 흘리면 죽어.

눈이 내리지 않는 산장은 고요했다. 올빼미는 건조하고 냉정한 이야기를 쓰느라 바쁠 것이고, 삼촌은 식료품을 사러 산 밑으로 내려갔다. 장작 패는 소리도, 모닥불 타는 소리도, 따뜻한 국물이 끓는 소리도 나지 않는 적막한 산장에서 알마가 말했다.

— 심하게 울면 호흡곤란이 일어나고 신경물질이 교란돼서 심정지가 온대. 병의 원인을 모르니 치료법도 없다고 하더라. 근데 말이야, 울면 죽는다는 건 반대로 울지만 않으면 계속 살아갈 수 있다는 거잖아? 보다시피 난 잘 살고 있고.

— 그렇게 단순한 문제가 아닌 거 같은데.

— 그래, 하지만 복잡할 것도 없지. 알겠어, 노루? 이상한 병을 갖고 있는 건 너뿐이 아니야. 혼자 세상 다 살았단 듯 유난떨지 말라고. 정말이지 촌스러워 죽겠다니까.

내 이름은 알마

나는 오래전, 내가 죽던 날의 광경을 본 일이 있다.

온전한 꼴은 아니었고, 나와 비슷하거나 나와 공명하
는 무엇인 채였다. 알맹이가 빠진 사탕껍데기 같은 것.
내가 나라는 흔적이 끈적거림 정도로만 남아 있었다.
나는 내 몸에서 떨어져나와 쓰레기장 귀퉁이던가 허공
이던가에 둥둥 떠 있었다. 평범한 아파트 단지였다. 흔
해빠진 쓰레기 집하장이었다. ㄷ자 모양 철골 구조물
안에 재활용 쓰레기를 모으는 자루가 다섯 개쯤 매달려

있었다. 병 캔 플라스틱 비닐 종이, 라고 각각 달리 쓰인 팻말이 붙어 있었으나 안에 든 건 비슷했다. 거친 삼실로 짠 누런 자루는 끝이 힘껏 잡아당겨진 채 몸통이 밑으로 늘어져 있어 도륙당한 돼지들 같았다. 잡식이라는 점에서 특히 그랬다. 나는 서툴고 사나운 기분으로 돼지 위에 떠 있었다. 찌그러진 페트병과 날카롭게 입을 벌린 깡통 따위를 헤아리는 동안 나는 점점 더 거칠고 흉포해졌다. 이곳에는 내가 없다는 걸 알 수 있었다. 튕겨나왔거나 떠밀렸거나 했을 것이다. 나는 조금씩 흐르듯 움직여 가야 할 곳으로 갔다. 딱히 가고 싶은 곳은 아니었다.

음식물 쓰레기통이 있었다. 커다란 직사각형 통에 주황색 플라스틱 뚜껑을 달아 여닫을 수 있게 만들어놓은 수거함이었다. 나쁜 냄새, 하고 느꼈다. 생전에 내가 무엇이었는지 모르겠으나 비위가 약했겠구나, 하고 느꼈다. 음식물 쓰레기통 가까이 다가가자 뇌라든가 내장 같은 것이 격하게 꿈틀거렸다. 그러나 실제론 아무 냄새도 나지 않았고 딸꾹질은 금세 멈췄다. 여기인가. 음식물 쓰레기통 주변을 또 둥둥 떠다니며 생각했다. 나는 나의 함량이 형편없이 낮아 불량인가 싶을 정도로 희미한 꼴이었다. 쓰레기통 뚜껑을 열어볼 만한 근육과 힘줄이 없었으므로 나는 그냥 떠다녔다. 답답했다.

나는 오랫동안 혼자 떠 있었다. 달리 뭘 해야 할지 몰라서였다. 나는 소용돌이치는 빛 무리로 변해 대기권까지 솟구치지 않았다. 눈 밑과 입술이 시커먼 저승사자의 안내를 받지도 못했다. 빛나는 작은 돌로 응고되거나, 별이나 신이 되는 건 더더욱 할 수 없었다. 어느 지붕에 던져진 썩은 이빨처럼 나는 무용하게 멈춰 있었다. 그러는 동안 나의 함량은 더더욱 낮아져 이젠 내가 아닐 수도 있겠단 생각이 들었다. 대신이라는 듯 나는 천천히 굳어갔다. 밋밋하고 길쭉한 가래떡 모양이 되었다. 이래서야 내가 남자애였는지 아줌마였는지 성별과 무관하게 실컷 늙어버린 노인이었는지 알 수 없었다. 나는 다만 길쭉했다. 무겁진 않았고, 날것이었다. 그런 느낌이 들었다.

내가 아줌마였다면 저런 모습이었겠지, 저런 과감하고 성의 없는 볶음머리에 저 정도 누런 얼굴을 하고 화가 난 것도 아닌데 씩씩대며 걸어다녔겠지. 아줌마는 음식물 쓰레기통을 향해 똑바로 걸어오고 있었다. 똑바로, 는 아니고 팔자걸음이었지만. 상체가 힘차게 들썩이고 있어 다리가 아니라 어깨로 걷는 느낌이었다. 아줌마는 넓적한 양푼에 불어터진 멸치, 양파와 계란껍데기, 시든 대파 같은 것들을 잔뜩 담아가지고 왔다. 손에 든 것이 신선로쯤 된다는 듯 자신만만한 얼굴이었다. 아줌마가 음식물 쓰레기통 뚜껑을 열었다. 나는 꽤 전부터 그 안을 들여다보려 기웃대고 있었다. 이러다 아줌마한테 붙어버리는 게 아닐까 싶을 만큼 바짝 다가갔다. 그래봐야 가래떡이니 아줌마는 한 손으로 뜯어내겠지. 어깨가 저렇게 씩씩하니까. 뚜껑이 열렸고, 안에는 그저 쓰레기, 으깨지고 뭉크러진 상한 음식물찌꺼기가 가득했다. 냄새는 없었으나 나쁜 냄새, 라고 생각했다. 습관처럼 구역질이 일었고, 뇌 어디쯤인가가 울렸다. 뇌가 아니라 가슴이었을지도.

나는 알았다. 알 수 있었다. 쓰레기통 안에 봉긋 솟아 있는 검은 비닐봉지 하나가 내가 찾던 것이었다. 나는 꽉 묶인 비닐봉지 안에서 울고 있었다. 야옹 야옹 울고 있었다. 발가락을 오그린 채 울고 있었다. 나는 이미 죽어버렸으므로, 함량은 형편없지만 가래떡 모양의 무언가로 여기 떠 있었으므로 봉지에서 흘러나오는 건 텅 빈 울음이었다. 육체의 죽음이 영혼보다 반 발자국 늦은 탓에 나는 나의 죽음을 구경했다. 저것이 울고 있으니 그럼 나는 이를 갈아야지, 하고 생각했다. 무서운 소리로 이를 갈아야지. 주황색 플라스틱 뚜껑을 열고, 손목 스냅을 이용해 나를 가볍게 던져 넣은 인간이 악몽에 시달리도록 끔찍한 소리로 이를 갈아야지. 덜 여문 잇몸에 돋아난 이가 하나도 없다 해도 이를 갈아야지.

그건 내 전생이거나 꿈이었을 것이다. 눈을 떴을 때 나는 내 방 침대에 얌전히 누워 있었다. 목까지 끌어올린 이불깃 하나 흐트러지지 않은 채였다. 그래도 검은 비닐봉지 매듭이 눈앞에 선명해 숨이 막혔다. 이를 득득 갈았다. 슬픔이라고 부르기엔 좀 덜 순결한, 슬픔의 창자 정도일까, 그런 곳에 내가 박혀 있었다. 눈물이 솟구쳐 야옹 야옹 울다가 나는 숨이 멎었다. 이건 너무하잖아! 어느 틈에 내 방으로 뛰어들어온 엄마가 소리쳤다. 아무리 그래도 이건 너무하잖아! 바쁜 손이, 차가운 손이 내 가슴을 마사지하며 외쳤다. 후려치며 외쳤다.

— 슬픈 건 아무것도 없어, 그건 다 가짜야! 제발 그만 울어, 제발, 제발 그쳐!

혼수상태로 사흘을 보낸 뒤에야 나는 깨어났다. 특이체질이라고 몇 번이나 말씀드렸잖습니까. 엄마를 나무라는 의사 목소리가 의기양양했다. 심하게 울면 아이한테 심정지가 온다고요. 대체 무슨 짓을 하신 겁니까.

— 꿈을……

엄마가 대답했다.

— 저애가 꿈을 꾸지 못하게, 절대로 어떤 꿈도 꾸지 못하게 만들어주세요.

커다란 손이 호두알 바수듯 내 머리통을 움켜쥐고 있는 기분이었다. 지독한 두통 때문에 몸을 일으키자마자 토했다. 몸의 모든 부위가 무거웠다. 머리가 무거웠다.

슬픔의 창자, 같은 것이 내게 덧대진 것처럼 내장이 무거웠다. 혈관 터진 자리마다 푸른 멍이 돋아 있었다. 가슴이 특히 심해서, 여럿 겹쳐진 손자국이 전부 파랬다. 비참하다고 나는 생각했다. 음식물 쓰레기통 속에 버려진 순간보다 지금이 훨씬 더 비참했다. 나는 슬픈 꿈을 꾸는 것만으로 죽어버릴 수 있었다. 십 분간 흐느끼는 것만으로도 간단히 죽을 수 있었다. 무표정하고 무감각해지려 아무리 애써도 나는 간간이 울었다. 그때마다 틀림없이 숨이 멈췄다. 가슴에 시퍼런 손자국이 남았다.

— 네가 아기였을 때는 굉장했지.

삼촌은 가끔 애틋한 표정으로 옛날을 회상했다.

— 네 엄만 일 초도 네 옆에서 떨어지질 않았다. 네가 콧잔등만 찌푸려도 기저귀를 간다 우유를 먹인다 부산을 떨었어. 열이 올라 울 때는 하는 수 없이 수면제를 먹여야 했지만.

— 삼촌, 그런 건 굉장했다가 아니라 끔찍했다고 말하는 거예요.

— 끔찍할 건 없었어. 너도 네 엄마도 굉장했거든. 그 증거로 네가 지금까지 살아 있지 않냐. 의사놈들은 네가 다섯 살을 못 넘기고 죽을 거라고 했다. 하나같이 돌팔이들이지.

— 그 사람들 말이 맞을지도 몰라요. 죽진 않았지만 영역이 달라졌다고 할까요.

삼촌은 아무것도, 아무도 문을 넘어오지 않거나 아주 무료할 때만 엄마 얘기를 꺼냈다. 도무지 추임새를 넣어줄 수 없는 시답잖은 추억이었다. 유치원도 학교도 다닐 수 없었던 나 때문에 엄마가 집 안에 학교 칠판과 책상을 가져다놓은 얘기 같은 것. 엄마 인생이 조금 더 질겼다면 방 안에서 사무실용 집기나 버진로드 같은 걸 목격하게 됐을지도 몰랐다.

— 넌 너무 냉정하게 생각해.

— 냉정하지 않으면 난 죽어요. 삼촌이 더 잘 아시잖아요?

— 눈물을 없애기 위해 감정을 말려버리는 건 무모한 짓이다.

— 살아남기 위해 내가 포기한 것들이 뭔지 삼촌은

상상도 못하실걸요. 난 삼촌이 생각하는 것보다 훨씬 나이가 많아요. 어떤 사람들은 썩은 그루터기만으로도 백 살까지 살아남으니까요.

　― 어쨌든 넌 좀 더 관대해질 필요가 있어. 넌 네 생각보다 훨씬,

　― 끔찍한 존재죠.

　― 상냥한 아이야.

그럴 리가요, 삼촌. 나는 때로 눈밭에 서서 외치고 싶었다. 용도를 알 수 없는 쓸모없는 것들이 파묻힌 땅 위에 서서 말하고 싶었다. 내가 얼마나 끔찍한 존재인지에 대해. 나는 불필요한, 나를 수시로 위협하는 감정을 잘라내는 것처럼 여러 가지를 잘라냈다. 간질거리는 추억이나 온기 같은 것들. 한때 나를 풍요롭게 했으나 지금은 나에게 상실감 이상을 주지 않는 눅눅한 살냄새 같은 것들. 말하자면, 나의 엄마와 관련된 무수한 기억들.

아이의 영역

   과연 비탈 끝과 이어진 허공은 단단했다. 소년은 우선 눈 덮인 땅을 더듬었다. 흙이 솟은 나무밑동을 더듬고, 엎드린 몸을 일으켜 조금 더 위의 기둥을 만졌다. 나무껍질이 거칠게 말라 있었다. 소년은 변명하듯, 마치 나무를 만지다 실수로 손이 미끄러졌다는 듯 불시에 허공을 짚었다. 단단한 것이 소년을 힘껏 떠밀었다. 투명한 만큼 더욱 야멸차게 느껴지는 벽이었다.

   — 말했잖아, 막혀 있다고.

   알마가 나무밑동을 차며 말했다. 몸을 조금 옮겨 허

공을 차자 퉁퉁, 나무기둥과 똑같은 소리가 났다.

― 가끔 말이야, 저기 어디에서 누가 들여다보고 있는 건 아닐까 싶을 때가 있어. 삼촌한테 물어보면 저 반대쪽은 빈 숲이라던데 정말 그래?

― 알마는 여기로 들어온 게 아니야?

― 난 다른 문으로 왔어.

― 저쪽은. 맞아, 그냥 빈 숲이었어.

소년은 마지막 날의 광경을 떠올렸다. 눈밭 위를 혼자 걷고 있던 자신이 마치 눈앞에 있는 것처럼 그려졌다. 소년은 아주 멀찍이서, 당시 산비탈을 오르던 때와 달리 차갑고 건조한 마음으로 자신을 지켜보았다. 종이가 마구 구겨지는 소리가 났다. 부산하고 경박한 그 소리가 자신의 입에서 쏟아지는 날숨과 욕설이란 걸 소년은 이제 알았다. 어떤 열정도 목적도 없이, 그날의 소년은 그저 고집으로만 걷고 있었다. 여자를 상처 주겠다는 의지, 여자를 모욕하겠다는 의지. 이렇게 쓸모없는 의지가 또 있을까.

― 빈 숲이라, 새 한 마리 없었어.

― 여기엔 있어. 쓸모없는 바보새지만.

— 안대를 한?

— 그건 삼촌이 풀어줬고. 안대를 풀었다고 해서 단숨에 영리해지는 건 아니잖아? 당장 눈앞에 닥친 위험만 걷어내줬을 뿐이지. 삼촌의 역할은 거기까지니까. 뼛속까지 비어 있는 저 새대가리들이 하는 짓이란 고작 저런 거야.

알마가 왼팔을 쭉 뻗었다. 부리가 유난히 작은 새 한 마리가 눈밭에 앉아 있었다. 지난번 오리처럼 머리가 상당히 컸는데, 그게 조물주의 취향인지 안대를 더 돋보이게 할 작정으로 계산된 비율인지 알 수 없었다. 어쨌든 머리가 크고 비정상적으로 부리가 작은 새가 눈 조각을 쪼아먹고 있었다. 크고 질긴 조각을 발로 고정한 채 눈을 쪼았다 제 발가락을 쪼았다 부산했다. 소년은 나뭇가지 위에 걸린 눈 조각 하나를 주워 입에 넣어보았다. 마른 종이처럼 떫고 퍽퍽했다.

— 멍청하긴.

소년이 허공을 걷어찼다. 묵직한 소리와 함께 발끝이 울렸다. 소년은 다시, 또다시 허공을 걷어찼다. 막혀 있다고 생각하니 왠지 답답했다. 저 너머는 그저 빈 숲

일 뿐인데, 그저 빈 공간의 빈 식탁일 뿐인데. 새가 푸
득 날아올랐다. 펼쳐진 날개가 상당히 커서, 나무꼭대
기까지 올라간 새 그림자가 부메랑 모양으로 바닥에
찍혔다.

— 내가 비밀 하나 알려줄까?

— 또?

— 여긴 시간이 멈춰 있어.

— 그건 비밀이 아니라 거짓말이잖아.

— 좋을 대로 생각해. 비밀이든 거짓말이든 결과는
같으니까. 시간이 흐를수록 넌 나를 의심하게 될 거고,
시간을 의심하게 될 거야. 눈이 쌓여 있는 한낮을, 거실
에 걸린 시계를, 안대를 한 동물들을 의심하게 되겠지.
삼촌과 올빼미를, 산장의 밤을, 어처구니없는 숲을 의
심하게 될 거야. 단단한 허공과 문에 대해서도.

— 의심하게 되면?

— 확인해보고 싶어지겠지.

알마가 허공을 노크하듯 두드렸다. 똑똑, 소리가 났다.

— 이걸 넘어가서, 직접 말이야.

— 그래서?

— 그래서라니?

— 내가 그걸 넘어가서 직접 확인하면, 문을 통과해 나가버리면, 그럼 알마에게 좋은 게 뭐야?

— 평온. 내 평온한 일상. 여긴 쓸모없는 것들의 집하장 같은 데가 아니야, 바보들이 우글거리는 숲이라니 질색이라고. 문을 통과한 것들은 하나같이 멍청하고 한심하고 무용해. 그렇다고 다른 물건처럼 너를 땅에 파묻어버릴 순 없잖아? 그러니까.

— ……

— 돌아가, 노루. 네가 있던 곳으로.

숲을 내려가는 동안 알마는 한마디도 하지 않았다. 소년 역시 입을 다물었다. 엇비슷하지만 나뭇가지의 개수라든가 기둥의 휜 정도나 색깔이 조금씩 다른 나무들이 이어졌다. 알마의 삼촌과 왔을 때보다 눈밭의 수위가 낮아져 있었다. 얼기설기 쌓여 있던 눈 조각이 포개져 가라앉은 탓이었다.

부메랑 모양 그림자가 알마와 소년의 머리 위를 지나쳤다. 나무숲에 걸려 얼룩덜룩해진 그림자였으나 실제 활강은 빠르고 거침없었다. 발밑만 보며 걷는 소년과 알마는 그것을 알지 못했다. 갑자기 커졌다 작아지는 불규칙한 그림자에 나무 사이를 더듬더듬 날고 있는 바보새를 상상할 따름이었다. 얼마 날지도 못하고 바닥에 앉아 눈 조각이나 쪼아먹고 있을, 기어코는 목에 눈 뭉치가 걸려 컥컥대며 뒹굴 바보새를 상상했다.

머리가 크고 부리가 유난히 작은 새는 목적한 나무에 도착하자 능숙하게 날개를 접었다. 무성히 뻗어나온 잔가지들이 희고 둥근 것을 떠받치고 있었다. 부리가 작은 새는 위를 쥐어짜 눈 조각을 토해냈다. 소화액에 녹아 찐득찐득해진 조각이 희고 둥근 것에 덧발라졌다. 새는 부지런히 위아래를 오가며 눈 조각을 쪼아먹고 도로 토했다. 희고 둥글고 탄탄한 둥지가 완성되고 있었다. 회색 반점이 촘촘히 박힌 작은 알 세 개를 낳기 위한 둥지였다.

*

올빼미가 방문을 연 시간은 정확히 12시 45분이었다. 빈 그릇이 담긴 쟁반을 문 앞에 내려놓고, 올빼미는 앞에 선 소년을 물끄러미 바라보았다. 가끔 알마의 삼촌이 이 시간에 맞춰 올빼미를 만나러 오긴 했다. 이국의 언어로 울리는 자장가에 대해 묻는다던가, 동물에게서 벗겨낸 새로운 안대를 자랑하기 위함이었다.

— 제법 좋은 가죽이야.

알마의 삼촌은 남청색으로 염색된 가죽을 앞뒤로 뒤집어가며 보여주었다.

— 아무래도 손으로 직접 한 땀 한 땀 바느질해서 만든 것 같아. 조물주에게 장인정신이 있다는 걸 증명하는 기록 같은 건 없어?

삼촌이 내민 안대의 크기는 제각각이었다. 엄지손가락에 겨우 둘러질 만큼 작은 크기(드물게도 그것의 주인은 박쥐였다.)도 있었고, 당장 올빼미의 얼굴에 둘러도 남아돌 만큼 큰 것(어마어마하게 큰 게 넘어왔나? 올빼미가 물었을 때 알마의 삼촌은 당혹스런 얼굴로 대답했다. 어마어마하게 크긴 하더군. 수박만 한 머리통 하나만 덜렁 넘어왔으니까.)도 있었다.

— 장인정신이라니, 조물주라고 불리는 시점에서부터 이미 장인인 거겠지.

올빼미가 대답했지만 실제로 하고 싶은 말은 다른 종류였다. 동물가죽으로 만든 안대를 동물 머리에 두르다니 그만한 악취미도 없었다.

그러나 알마의 삼촌은 방문에 이렇게 바짝 코를 붙이고 있진 않았다. 그는 늘 조심스러웠고, 올빼미의 영역을 존중했다. 이층으로 올라오는 마지막 계단에 다리를 한쪽만 올린 채 기다리다가, 방문이 열리고 올빼미가 나오면 비로소 다른 쪽 다리를 옮겨 이층 거실로 들어섰다. 마침 그때 도착했다는 듯이, 자연스럽고 배려 깊은 움직임이었다. 대화를 할 때도 알마의 삼촌은 올빼미와 충분한 거리를 유지했다. 그런데 지금 올빼미 앞에 선 사람은 항의하듯 올빼미 코앞까지 들이닥쳐 있었다. 목을 움츠린 소년이, 불안정하게 눈동자를 마구 굴려대면서.

— 산책 시간이잖아요.

소년이 변명하듯 말했다.

— 알마가 그랬어요, 점심을 먹고 난 뒤엔 이층 거실을 십오 분 동안 산책한다고.

— 그건 나를 위한 시간이지.

올빼미가 걷기 시작했다. 느린 걸음이었다. 좁은 거실이었으므로 벽을 빙 둘러싼 책장을, 빈틈없이 꽂힌 책등을 훑어보는 듯한 움직임이었다. 책을 뽑아 펼쳐보기도 했는데 걸음을 멈추진 않았다. 작은 원을 그리며 한 바퀴 돌아 책을 제자리에 꽂아놓고, 다음 책을 골라 들었다. 올빼미를 위한 것이라기보다는 책을 위한 산책 같았다. 올빼미 손에 뽑혀 나온 책들이 한순간 몸을 부풀리고 생기를 띠었다.

소년은 올빼미의 걸음을 피해 조금씩 물러났다. 멀리서 보자면 좁은 거실 한복판에 소년이 서 있고, 올빼미가 그 주위를 빙글빙글 돌고 있는 꼴이었지만 소년은 잔뜩 긴장한 채라 깨닫지 못했다. 이전 일을 사과할 작정이었다. 자신이 했다고 짐작되는, 자신이 했다고 설명만 들은 행동에 대해 사과하려니 난감했다. 일단 죄송하다고만 해둘까.

— 뭐가?

라고 올빼미가 물었다.

— 정확히 너의 무엇이 죄송하지? 장애나 질병은 죄송해야 할 종목이 아닌데. 유감이긴 하겠군.

한참을 서 있던 소년이 올빼미 뒤를 따라 걷기 시작
했다. 깃대처럼 서 있기가 무료해서였다. 거실은 좁았
고, 두 사람이 돌고 있자니 더욱 비좁게 느껴졌다. 일
정한 보폭의 느린 걸음이 이어졌다. 어느 순간부터 움
직이고 있는 건 올빼미와 소년이 아니라 책장인 것처
럼 느껴졌다. 거대한 물레 속에 서 있는 것처럼, 조금
더 운이 좋다면 거대한 만화경 안에 들어가 있는 것처
럼 사방이 다채롭게 변화했다. 소년은 책등에 적힌 제
목들을 읽으려 했으나 어쩐지 현기증이 일어 그만두었
다. 눈을 감아도 걸음을 이어갈 수 있었다. 상체가 왼쪽
으로 기울어진 글자들이 정교하게 밀려왔다 밀려갔다.

— 그래서, 내게도 할 말이 있나? 녹색 벽지에 대한
얘기와 투렛 증후군에 대한 얘기 말고도?

— 그걸 어떻게 아세요?

— 들려.

올빼미의 등이 미세하게 움직였다. 자신의 방 쪽을
가리켰거나 뒤를 돌아보려 몸을 조금 움직였는지도 몰
랐다.

— 이층 창문엔 유리가 없으니까, 들려, 네가 알마에

게 하는 얘기들이 전부 다. 알마는 너를 멍청하다고 하고 알마의 삼촌은 너를 가엾다고 하더군. 하지만 내 생각에 너는.

— 나는?

— 어리지. 아주 어려.

*

소년이 올빼미의 방문 앞에 선 시간은 정확히 12시 45분이었다.

올빼미는 산책을 시작했다. 보폭이 일정한 느린 걸음이었고, 간택하듯 신중하게 책을 골라든 뒤, 틀림없이 제자리에 꽂았다. 소년이 입을 열면 싫어했지만 알마나 알마의 삼촌이 그랬던 것처럼 대답을 피하진 않았다. 소년은 올빼미를 따라 걷기도 하고, 이층으로 올라오는 계단 마지막 칸에 쪼그려앉아 있기도 했다. 소년이 어디에 있든 올빼미의 산책은 책을 위한 것이거나 혼잣말을 위한 것이었다.

— 정확히 네 부모의 무엇이 이상하지? 그곳에 사는

사람들은 다 마찬가지다. 아프거나 바쁘거나 둘 중 하나지. 아프지도 바쁘지도 않은 너는 이해할 수 없겠지만.

— 나는 아파요.

— 어리광 부릴 대상이 틀렸군. 네 엄마가 아픈 너를 위해 종일 옆에 붙어 있어주었으면 좋겠나? 땀에 젖은 네 옷을 갈아입혀주고, 욕을 하거나 발작할 때마다 끌어안아 등을 쓰다듬어주고, 상점에 가서 네가 물건을 산 뒤 거스름돈 챙겨오는 걸 지켜보고 있다가 네가 직원을 조롱하거나 가판대에 콜라를 뿌리면 우리 애가 가끔 욕을 하는 건 사실이지만 나쁜 아이는 아니랍니다, 우리 애에게는 장애가 있어요, 그렇게 변명해주었으면 좋겠나? 네 계획표를 세워주고 대학입시설명회장에 네 대신 들어가서 어학연수 프로그램에 대해 질문해주고 교수에게 성적항의메일을 보내주었으면? 네 대신 결혼할 여자도 골라주고 손자들도 돌봐주면 더욱 좋겠군. 죽는 날까지 네게만 충성하면서 말이지. ……그런데 그렇게 하면, 너의 불만은 사라지는 건가? 어느 날 너는 이렇게 소리치겠지. 엄마 때문에 내 인생을 망쳤어, 엄마가 내 인생을 마음대로 휘둘러놓는 바람에 난 반푼이

가 됐어, 이제 내게 간섭 좀 하지 마, 지긋지긋해, 나는 조련당하는 원숭이가 아니라고!

— 그건 아저씨가 쓰는 것 중 어떤 이야기예요? 무섭고 진지한 이야기? 건조하고 냉정한 이야기?

— 네 이야기다. 지독하게 재미없는.

때로 올빼미는 말했다.

— 장대높이뛰기를 하는 아이가 있었다. 아기 때부터 장대를 가지고 놀던 아이였지. 돌잡이 물건으로 장대를 잡았고, 유치원 입학선물로 조금 더 긴 장대를, 초등학교 입학선물로 훨씬 더 긴 장대를 선물받았어. 아이는 그 마을의 누구보다 장대높이뛰기를 잘했다. 그래서 점점 더 장대에 의존하게 되었지. 장대가 없이는 높이뛰기는커녕 걸음도 걸을 수 없게 되었다. 장대를 들고 갈 수 없는 곳, 이를테면 영화관이나 수영장, 병원에 가지 않게 되었지. 버스나 지하철, 비행기를 탈 수 없게 된 탓에 마을에서 벗어날 수 없었고, 결국에는 학교 교실에조차 들어갈 수 없게 되었다. 운동장에서 높이뛰기를 하거나 뻥 뚫린 길 위를 걷는 것 외에는 아무것도 할 수 없는 아이가 되었어.

— 장대를 빼앗으면 되잖아요?

— 물리적으로 빼앗는 건 폭력이지. 아이의 마음속에서부터 아이와 장대를 분리해야 하는 거다. 장대를 내려놓고도, 아이 자체만으로도 완전한 상태가 될 수 있다는 걸 깨닫게 하는 거지. 아이가 장대가 아닌 스스로의 다리를 믿을 수 있도록.

— 그건 아저씨가 쓰는 것 중 어떤 이야기예요? 유쾌하고 흥미진진한 이야기? 더럽고 잔혹한 이야기?

— 네 이야기다. 지독하게 재미없는.

아주 가끔, 소년이 말할 때도 있었다.

— 내가 다녔던 중학교 앞에 아주 낡은 빌라가 있었어요. 분홍색으로 페인트칠이 되어 있었는데, 원래는 갈색이었대요. 갈색이 햇빛에 닳아 분홍색이 된단 얘기는 처음 들었지만 그런가보다 했어요. 할머니는 그 집에서 아주 오래 살았으니까요. 학교는 좋지도 싫지도 않았어요. 일 년을 다녔는데도 그냥 그런 느낌이 전부였어요. 특별히 놀림당하거나 미움받은 기억도 없어요. 선생님도 반 애들도 그냥, 날 좀 귀찮아했던 것 같아요. 내가 뭘 해도 방해하지 않았고 내가 뭘 안 해도 참

견하지 않았어요. 학교에, 서른 명도 넘는 애들이랑 과목별 선생님이 들락날락하는 그 소란스런 교실에 앉아 있는데도 나는 혼자였어요. 돌아가고 싶었어요, 숲속학교로. 숲속대안학교 중등부로 들어가서 모닥불에 감자도 구워먹고, 논바닥을 얼려 만든 스케이트장에서 놀고, 밤에는 기숙사에서 땀에 젖은 애들이랑 등을 맞대고 자고 싶었어요. 엄만 특목고 진학을 위해선 어쩔 수 없다고 했어요. 언제까지 놀기만 할 거냐고요. 나는 학교를 자주 빠져나갔어요. 문제학생이었고, 귀찮은 애였으니까 아무도 말리지 않았어요. 피시방도 가고 도서관도 가고 공원에 그냥 앉아 있기도 하고 그랬어요. 점점 갈 데가 없어져서 학교 앞 빌라 옥상에 올라갔다가 거기서 할머니를 만났어요. 할머니는 빌라 4층에 살고 있었는데, 옥상에 작은 화단을 만들어 채소를 가꿨어요. 토끼도 한 마리 길렀고요. 진짜 크고 뚱뚱한, 게으른 토끼를요. 먹을 걸 주면 발로 걷어차는 사나운 놈이었어요. 할머니는 날 좋아했어요. 옛날에 죽은 할아버지가 나랑 똑같았대요. 월남에 다녀오더니 방 벽을 향해 돌아누워서는 매일 그랬다나요. 암튼 난 종종 학교에서 빠져나가 빌라 옥상에서 채소밭을 구경하고, 벌레도 잡아주고, 토끼가 이로 갉아놓은 먹이통을 바꿔주고, 토끼털을 빗어주거나 귀지를 파줬어요. 토끼는 사나운 만큼 게을러서 한바탕 난동을 피운 다음엔 꿈쩍도 안 했거든요. 그날도 그랬어요. 학교강당에선 졸업식이 열리고 있었고, 난 옥상에서 토끼랑 있었어요. 토끼 눈이 이상하게 부풀어 있어서 할머니한테 말해줬죠. 뿌연 막 같은 게 눈동자에 덮여 있다고. 할머니는 눈이 멀 건가보다, 했어요. 똑같은 옥상만 평생 보고 살았으니 이젠 안 봐도 훤할 거라면서, 병원에 갈 필요도 없다고요. 토끼가 사납든 순했든, 부지런히 털을 골라 솜뭉치처럼 보드라웠든 듬성듬성 털이 뽑혀 걸레뭉치 같았든 결말은 같았을 거예요. 옥상에 갇혀 있는 눈먼 토끼인 채로. ……기분이 나빠졌어요. 집에 갈 작정으로 빌라 계단을 내려오는데 뭔가 시끌시끌하더라고요. 일층에 구급차가 서 있고, 그 옆에 우리 학교 교복 차림의 학생들이 모여 있었어요. 계단참 창문으로 고개를 내밀고 그걸 보는데, 누가 날 가리키며 소리쳤어요. 저기 또 있다, 저기 한 놈이 더 있어!

1시가 되면 올빼미는 방으로 돌아갔다. 작고 허름한 문이 오래된 책의 표지로 변하는 걸 소년은 지켜보았다. 소년은 이층에 있는 책을 한 권도 읽지 않았지만 올빼미와 헤어지고 나면 항상 너무 많은 책을 읽어버린 듯한 감각에 짓눌렸다.

빈 그릇이 담긴 쟁반을 들고 계단을 내려가던 소년은 어라, 하고 멈춰 섰다. 꽤 오래 만나고 이야기를 주고받았음에도 돌아서고 나면 올빼미의 생김새가 기억나지 않았다. 그의 몸집이 컸는지 작았는지조차 알 수 없었다. 방문이 닫히는 순간 뭉클 밀려나오던 공기덩어리, 올빼미가 책을 꺼낼 때 흩어지던 얇은 먼지들에 대한 기억은 뚜렷했다. 그러나 올빼미는 그저 검은 사람, 검은 그림자로밖에 남아 있지 않았다.

*

거실바닥에 도미노를 세우던 알마가 숨을 골랐다. 이층에서 뽑아온 백 권의 책 중 마지막 권을 세울 차례였다.

알마의 삼촌은 아침 일찍 산 아래 상점으로 내려갔다. 화장지와 식료품 같은 걸 사기 위해서였다. 뭘 좀 사다줄까? 삼촌의 물음에 알마는 고개를 저었다. 새롭고 흥미로운 것, 이를테면 휴대용게임기나 운동기구세트를 사들이는 건 쉬웠다. 그러나 새롭다는 건 동시에 금세 바래버릴 것, 이라는 의미이기도 했다. 게임은 금세 질렸고 운동기구는 시시해졌다. 알마는 만들어진 즐거움의 한계에, 그들만의 유통기한에 휘둘리고 싶지 않았다. 새로움을 가장한 변덕스러움은 문이 뱉어내는 것들만으로 충분했다.

알마는 삼촌이 문을 열고 거실로 들어서는 순간 도미노가 쓰러지게끔 밑그림을 짰다. 현관문에서 시작된 도미노는 곡선을 그리며 주방으로 흘러가 덧대놓은 널빤지 위의 책들을 쓰러뜨리며 식탁 위로 올라갈 것이었다. 식탁 끝에서 바닥으로 떨어지는 책이 새로운 시작점이 되어, 거실바닥에 펼쳐진 거대한 인공위성 그림을 완성하면 끝이었다. 인공위성이란 걸 알아볼 수 있을까 싶을 만큼 각진 덩어리에 불과했지만 알마는 상당히 만족스러웠다. 이제 마지막 책을 세우고 삼촌이 문을 열

때까지 기다리면 되었다. 조마조마하고 설레는 그 기다림의 순간이 알마는 좋았다. 색 바랠 틈이 없는, 항상 날것 그대로인 순간이기 때문이었다.

후우. 책에서 손을 뗀 뒤 조심스럽게 뒤로 물러선 알마가 숨을 내쉬었다. 완성이었다. 거실 끝에 붙은 쪽문이 벌컥 열리지만 않았다면, 거기서 소년이 조심성 없게 튀어나오며 바닥을 울리지만 않았다면 틀림없이 그랬다.

— 왜 눈이 내리질 않을까.

인공위성 옆구리부터 좌르륵 무너지기 시작한 책들을 보며 알마가 신음했다. 엉망으로 넘어진 책들이 그대로 거대한 구멍이 된다면 좋을 텐데. 저게 문이라면 지금 당장 노루를 처박아버렸을 텐데.

내 이름은 알마

엄마라고 하면 항상 전전긍긍해하던 모습이 떠오른
다. 언제 또 몸이 가려울까, 저애가 언제 죽어버릴까.
불안과 초조, 의심이 사이 나쁜 자매처럼 서로를 견제
하며 기형적으로 성장해가던 엄마의 삶.

가끔은 생각했을 것이다. 차라리, 라고. 상상이기 때
문에 오는 안도감과 상상이기 때문에 오는 좌절과 죄책
감을 숨기고 차라리, 라고 중얼댄 날이 틀림없이 있을
것이다, 엄마에게는.

엄마는 상당히 뚱뚱했다. 목과 배와 무릎에 치즈덩어리처럼 쌓인 살 때문에 계절과 상관없이 땀과 습진에 시달렸다. 상한 발효유 냄새를 풍겼고, 그보다 더 지독한 냄새의 연고를 발랐다. 덩치와 냄새 때문에 숨바꼭질이 힘든 사람이라는 걸 제외하면 보통의 엄마들과 똑같았다. 변덕이 심했다. 미간에 걱정주름이 박혀 있었다. 화가 나면 분이 풀릴 때까지 혼잣말을 하거나 밀가루반죽을 치댔다. 겨드랑과 무릎 뒤, 살이 겹쳐지는 부위마다 피부가 헐어 엄마는 자루 모양 면원피스밖에 입지 못했다. 그래서인지 기억 속 엄마는 늘 같은 모습이었다. 뺨에 지도처럼 번진 습진에 딱지가 앉아 갈라진 얼굴이 가장 최근이었다. 엄마의 주된 걱정거리는 나와 습진이었다. 때문에 자주 분노했다. 살을 들춰 아래쪽 짓무른 부위를 긁으면서, 혼잣말을 하면서 엄마는 분노했다. 습진이 온몸에 퍼지자 몸을 긁는 데 반나절을 보냈다. 남은 반나절은 나를 감시하는 데 썼다.

산장으로 온 뒤 가끔 엄마를 떠올렸다. 이른 새벽

의자에 앉아, 부푼 몸에서 무언가를 짜내려는 듯 어깨와 팔죽지에 힘을 주고, 가랑이 사이에 두 손을 끼운 채 기도하던 엄마의 모습을. 그건 기도라기보다 원망이나 울분에 가까웠다. 주여, 왜 제게 이런 시련을 내리시나이까, 왜 하필 제게만. 엄마의 신은 아니었지만 나는 그 질문에 대한 답을 알았다. 엄마의 원죄는 모성이었다.

가끔은 생각했다, 차라리, 라고.

느낌 같은 게 있었다. 삼촌에게 맡겨지던 때, 갑자기 숲속 산장으로 적을 옮겨 살아야 했을 때. 얼린 과일을 자를 때처럼 스걱, 하는 소리와 함께 건네지는 섬뜩함이 있었다. 불쾌하다기보다 불길했다. 우물가에서 눈을 뭉치고 있던 한낮이었다. 물을 뿌려 작은 덩어리를 만들고, 엄마가 그랬듯 양손으로 거칠게 치댔다. 몸이 흔들릴 때마다 손목이 아팠다. 가까스로 뭉친 눈덩이를 쌓고 있는데 그것, 이 다가왔다. 밋밋하고 길쭉한 가래떡. 무겁진 않았고, 날것이었다. 그런 느낌이 들었다. 엄마구나. 이것은 엄마로구나. 나는 생각했다. 특별히 엄마는 아니었고, 엄마와 비슷하거나 엄마와 공명하는 무엇인 채였다. 알맹이가 빠진 사탕껍데기 같은 것. 엄마라는 흔적이 끈적거림 정도로만 남아 있었다. 그럼에도 독특한 쉰내를 풍겼다. 가래떡은 한동안 내 어깨에 붙어 지냈다. 잡아떼려고 하면 온몸을 기어 도망쳤다. 이제 이 세상에 삼촌과 나 둘뿐이네. 내가 은근히 떠보자 삼촌은 무심코 응, 했다. 역시 엄마였어. 이제 함량이 형편없이 낮아져 과연 엄마일까 싶은 가래떡이 어깨에서 툭 떨어졌다.

날이 저물 때까지 숲속을 뛰어다녔다. 눈을 걷고 흙을 파내 나무의 검은 뿌리가 드러나게 했다. 잔가지를 부러뜨리고 나뭇잎을 찢었다. 우물 속에 눈을 퍼 넣고 두레박으로 길어냈다. 모닥불을 피우고 눈 조각을 흩뿌렸다. 분지꼭대기 투명한 벽을 돌로 찍었다. 나는 한순간도 멈춰 선 안 됐다. 한순간도 자유로워져선 안 됐다. 한순간도 사고해선 안 됐다. 시무룩한 가래떡을, 시큼한 엄마 냄새를 기억해선 안 됐다. 노래를 부르고 토끼

뜀을 했다. 그래도 눈시울이 뜨거워 삼촌이 모아둔 남청색 가죽안대를 꺼내다 썼다. 데워진 가죽이 거대한 눈꺼풀인 양 달라붙었다. 심장박동이 사나웠으나 멈추진 않았다.

늘 궁금했었다. 왜 하필 눈물일까. 분노로 뇌압이 상승하면 죽는다든가 웃음소리의 데시벨이 기준치를 초과하면 죽는 방법도 있는데 왜 하필. 그런데 알았다. 알게 되었다. 나의 슬픔은 거세되었다. 나는 누구도 애틋해하지 않고, 무엇도 아쉽지 않다. 누구도 동정하지 않고 무엇도 깊이 들여다보지 않는다. 그러므로, 나는 텅비었다. 나를 지키는 엄마에게 고마워하지 않고, 엄마의 병을 눈치채고도 놀라지 않고, 엄마와 헤어질 때도 아쉬워하지 않았다. 이윽고 엄마가 가래떡이 되어 나타났을 때조차 울지 않았다. 울 수 없었다. 이 병이 내게서 빼앗아간 건 인간의 영역이었다. 나로 하여금 짐승의 영역에서 살도록, 이기심과 본능 외에는 필요치 않은 황폐한 영역에서 살도록 했던 것이다. 비겁하다, 비겁하다, 나는 그렇게 외치며 눈밭을 뛰었다. 그럼에도

나는,

살고 싶었던 것이다.

다시, 틈

　소년은 산길을 걷고 있었다. 기둥이 새카맣고 껍질이
거친 나무가 줄지어 선 산길이었다. 바람은 머뭇머뭇
불었고 하늘빛이 좋지 않았다. 발목까지 잠길 만큼 눈
이 두껍게 쌓여 있어 걸음을 옮길 때마다 눈 조각이 사
방으로 튀었다. 가장자리가 뾰족하고 배가 두꺼운, 커
다란 눈 조각이었다. 가팔라진 산길에 소년이 밭은 숨
을 토했다. 크게 벌어진 소년의 입으로 나뭇가지에서
떨어진 눈 조각이 빨려들어갔다.
　소년은 몇 차례 침을 뱉으며 비탈길을 올랐다. 눅눅

해진 종잇조각 같은 것이 침에 섞여 수풀로 떨어졌다. 쌓여 있는 눈은 조금도 차갑지 않았다. 사방이 녹지 않는, 질긴 눈 투성이었다. 소년은 이 눈의 무게를, 이 눈의 거친 속성을 알았다. 소년은 이 눈이 얼마나 밝은 빛을 내며 불에 타는지 알았다. 물을 뿌려 점성을 높이면 못이기는 척 덩어리진다는 걸, 기름을 약간 섞은 물에 흥건히 적시면 점토처럼 변해 꽤 여러 가지를 만들 수 있다는 걸 알았다.

알았다. 모두, 알고 있었다.

*

— 눈이 내릴 거야.

알마가 허공에 손을 뻗어 엄지와 검지를 신중히 비벼보고는 말했다. 까끌까끌하고 흰 소금알갱이 같은 것이 알마의 손끝에 남아 있었다. 이번엔 꽤 오랜만이네. 알마의 삼촌이 덩달아 손가락을 비벼보았으나 남는 건 없었다. 삼촌이 모닥불을 거세게 쑤석거렸다. 일요일 저녁이었고, 조금 후면 올빼미의 유일한 휴식시간이 시작될 터였다. 소년은 꽤 오래전에 날짜 헤아리기를 그만두었다. 그러나 불쑥 길어진 손발톱이나 귓바퀴까지 수북해진 머리칼 같은 것이 소년으로 하여금 소비한 시간들을 깨닫게 했다. 멈추지 않았어. 소년이 하얗게 자라난 손톱을 보여주며 알마에게 말했다. 이렇게나 착실히 흐르고 있잖아, 시간이. 알마는 가볍게 웃었다. 멍청하긴.

모닥불을 피웠으나 아무것도 굽지 않았다. 소년과 알마는 다만 타오르는 불을 바라보았다. 마른 장작을 옮기고 불을 모으느라 분주했던 알마의 삼촌 역시 자리를 잡고 앉아 불을 보았다. 가끔 알마가 눈 조각을 불 위에 뿌렸다. 불에 닿는 순간 몸을 움츠렸다 폭발하는 작은 빛들이 처연했다.

— 소멸되는 시간이 짧을수록 아름답다니 불공평해. 동물 시체나 건물 잔해 같은 건 어떻게 봐도 예쁘지 않잖아. 혐오스럽지. 사람도 죽을 때 이렇게 팡 터져버리고 끝나면 좋을 텐데.

— 그럼 인류멸망의 순간이 빨라질걸.

눈을 한 줌 더 쥐는 알마를 보며 소년이 덧붙였다.

— 사람이 죽는 순간 그렇게 예쁜 빛이 나온다면 다들 누군가 죽기만을 기다리게 될 거 아냐. 연쇄살인범이 스타가 될지도 몰라.

— 그런 부정적인 생각은 대체 어디서 나오는 거야, 노루? 요양원이나 호스피스 병동이 축제장소가 될지도 모르잖아. 사람들도 죽음을 두려워하지 않게 될 거고,

— 죽음이 왜 두려워? 무섭고 두려운 건 삶인데. 버티는 게 힘들지 끝은 무서울 거 없어. 사실은 알마도 그렇잖아. 혹시라도 눈물이 날까봐, 그래서 죽어버릴까봐 조마조마하잖아. 맘껏 웃지도 울지도 못하고 책 읽는 걸로 시간을 때우고 있을 뿐이잖아.

— 틀렸어, 노루. 나는 이 위태로운 삶 자체를 소중히 여기고 있어. 언제 죽어버릴지 모른다는 불안감이 오히려 생의 순간순간을 더욱 사랑스럽게 치장해주는 거야. 당장 죽을지도 모른다는 절박감이 생의 심지를 더욱 불타오르게 만드는 거라고. 내가 가진 모순은 견디는 삶에 대한 게 아니야. 그렇게 많은 걸 포기하고 선택한 삶인데도 마음껏 정열적으로 살아낼 수 없다는 게 억울한 거지. 감정과잉은 독이니까, 적당히 시큰둥하게 살 수

밖에 없다고 할까.

— ……무슨 소린지 모르겠어.

불 위로 눈 조각이 쏟아졌다. 알마가 빠르게 두 줌을
더 던져 넣었다. 한꺼번에 터지기 시작한 눈 때문에 모
닥불이 비틀비틀 타올랐다. 소세지라도 구울까, 하며
알마의 삼촌이 일어섰다. 멀리서 새소리가 들렸다. 습
도가 높은지 울림이 깨끗하고 선명했다. 부리와 울림통
이 아주 큰 새인 모양이라고 소년은 생각했다.

— 뭐, 됐어. 알아듣든 말든 상관없지. 노루가 돌아가
면 어쨌든 내 삶은 다시 평온해질 테니까.

— 모르겠어.

— 뭘 몰라?

— 돌아가는 거. 어떻게 할지 아직 결정 못했어.

— 나가 죽어버려, 노루엉덩이자식.

*

고도가 높아질수록 나무그림자가 썰물처럼 밀려들
었다. 소년은 굵직한 나무기둥들 사이를 비집고 들어가

며 숲을 가로질렀다. 지그재그로 올라서는 도무지 숲을 빠져나갈 수 없다고, 목을 뻣뻣하게 굳힌 뒤 오로지 앞만 보고 걸어야 한다고 알마가 지난번 산길에서 일러주었다. 소년의 발자국 사이사이 딸꾹질하듯 새소리가 끼어들었다. 부리가 몹시 작던, 부메랑 모양의 그림자를 얼룩덜룩하게 남기던 바보새가 떠올랐으나 소년은 주위를 둘러보지 않았다. 눈밭 위로 소년의 발자국이 찍혔다. 단호하고 둥근 모양은 아니었다. 발끝을 끌고 있어 미련이 줄줄 남은 발자국들이 형태를 일그러뜨린 채 따라붙었다.

산꼭대기에 다다른 소년이 걸음을 멈췄다. 숨을 쏟아낼 때마다 눈 조각이 허공에서 무겁게 밀렸다. 콧등에 떨어진 눈은 녹아 없어지는 대신 뺨으로 턱으로 미끄러졌다. 산장을 떠날 때 하나둘 날리기 시작하던 눈 조각들이 이제는 제법 굵은 선을 그어대고 있었다. 소년은 투명하되 단단한 벽 앞에 섰다. 그저 뿌옇기만 하던 건너편이 눈이 내리자 오히려 조금씩 맑아지고 있었다. 빈 숲이, 팻말처럼 꽂혀 있던 앙상한 나무들이 흐리게 비쳤다. 소년은 더듬더듬 벽을 짚어 이동했다. 거대한

크기의 소나무, 기묘하게 비틀리고 구겨진 꼴로 정상에
서 있던 그 나무를 찾아서였다.

― 네 것이니까.

그렇게 말하며 알마의 삼촌이 소년에게 내민 것은 밧
줄이었다. 단단히 비끄러맨 자살매듭이 남아 있는, 틀
림없이 소년의 것이었다. 나뭇가지에 심하게 쓸렸는지
한쪽 올이 거칠게 풀려 있었다. 소년은 자신의 목에 감
겼던 단단한 고리를, 그러나 지금은 날카로운 것으로
끊어내 끝이 터진 채인 고리를 한참 바라보았다. 한때
소년의 목에 남았던 검은 얼룩이 매듭의 의지였다면 끝
이 터진 고리에 남아 있는 건 누구의 의지일까. 소년은
잘린 고리 끝을 한참이나 쥐고 있었다.

― 무엇이 옳아요?

알마의 삼촌이 소년을 숲의 초입에 반듯이 세워놓았
을 때, 소년이 물었다. 알마는 산장에서 나오지 않았다.
제발 가버려, 바보 노루. 그게 알마의 마지막 인사였다.
눈 조각이 하나둘 떨어지기 시작했다. 소년은 자신을
가로막듯 버티고 선 나무들을 바라보며 다시 물었다.

― 무엇을 선택해야 후회하지 않아요?

— 후회하지 않는 선택 같은 게 있겠냐.

고리를 쥔 손 반대편에 비닐봉지 하나를 쥐어주며 삼촌이 말했다. 아직 따끈따끈한, 양 손바닥으로 감싸도 다 가려지지 않을 정도로 큰 주먹밥이 두 개 들어 있는 비닐봉지였다. 소년은 제발 가버려, 라고 말한 뒤 정사각형 식탁에 꼭 붙어 있던 알마를 떠올렸다. 둥근 사각형 머리, 턱 선에 맞춰 일자로 자른 새까만 머리카락, 둥글지만 딱딱해 보이는 어깨. 터무니없을 만큼 짧고 밋밋한 팔을 움직여 밥을 뭉치던 알마의 뒷모습을 떠올렸다.

— 네가 뭘 선택하든 후회는 반드시 따라붙어. 발 빠른 놈이거든. 차라리 그놈이랑 정면으로 맞닥뜨려. 실컷 후회하고 속 시원하게 털어버릴 수 있는 쪽을 택하는 거다.

이제 소년은 산꼭대기, 쏴아아 하고 소나기처럼 거친 소리를 내며 쏟아지는 눈 속에 서 있었다. 한 손에는 끝이 터진 고리가, 다른 한 손에는 커다란 주먹밥이 들려 있었다. 어느 한쪽은 지독하게 무거웠다. 어느 한쪽은 중력이 사라진 것처럼 가벼웠다. 골똘히 생각에 잠겨 있는 소년 앞으로 기묘하게 비틀리고 구겨진 소나무가 모습을 드러냈다. 두꺼운 가지 여럿이 기세등등하게 펼쳐졌다.

딩, 하고 낮은 음이 울렸다. 소년은 그게 알마가 말하던 어느 나라 자장가 첫 음일 거라고 생각했다. 낮고 울림이 깊은, 그러나 근본적으로 따뜻하고 안락한 음이 오래도록 울렸다. 다음 음이, 또 다음 음이 울릴 때마다 허공에 조금씩 선이 그어졌다. 누군가 한 땀씩 베어내듯 아주 느린 속도였다. 촘촘히 붓질되어 있는 보랏빛. 물고기 지느러미처럼 유연하게 팔랑이고 있는 얇고 긴 무엇. 소년은 틈이라 부르고 알마는 문이라 부르던 바로 그것이, 서서히 열리고 있었다.

올빼미가 말하길

— 정어리를 먹어.

올빼미가 말했다.

— 난 정어리에 대한 글을 쓸 작정이었다. 한 달 내내 정어리만 생각했지. 정어리, 정어리, 정어리, 매일 백 번씩 말했다. 아니, 이백 번은 말했겠군. 정어리통조림이나 정어리를 넣은 샌드위치를 생각하고, 정어리를 가공하는 공장과 정어리를 잡는 사람들에 대해서도 생각했다. 정어리처럼 생긴 비쩍 마른 남자아이에 대해서도 생각했지.

— 정어리를요.

— 그래. 정어리다. 오로지 정어리였지.

— 그래서 그건 어떤 이야기가 되었나요? 유쾌하고 흥미진진한 이야기? 건조하고 냉정한 이야기?

— 못 썼다.

— 왜요?

— 난 정어리를 본 적이 없거든. 먹어본 적도 없다. 어느 책에선가 읽었던 정어리, 라는 단어에 빠져 있었던 거겠지. 아이들이 한 번도 보지 못한 공주나 왕자에 빠져드는 것처럼, 한 번도 보지 못한 마녀를 두려워하는 것처럼 나는 하필 정어리에 빠졌던 거다. 정어리에 대해 매일 생각했지만 그건 진짜 정어리가 아니었지. 내가 상상해낸, 정어리와는 전혀 다른 무엇이다. 그러니 내가 뭘 쓰더라도 그건 정어리에 대한 글이 아니게 되는 거다.

— 무슨 소린지 모르겠어요. 알마가 가끔 이상한 소리를 하는 건 아저씨 때문인가요?

— 남 탓을 하다니, 정말이지 촌스럽기 짝이 없군.

— 역시 아저씨 때문이었군요.

─ 됐다. 다시 정어리 얘기로 돌아가자. 아니, 더럽게 재미없고 지루한 네 얘기로 돌아가지. 너는, 그런 거다. 넌 네가 죽어야 할 만큼 힘들고 고통스럽다고 말하지만 정작 네가 경험한 건 아주 짧은 단어 한 개, 순식간에 스쳐지나간 장면 하나에 불과한 거다. 내가 정어리, 라는 단어를 읽고 그것에 빠져들기 시작한 것처럼 너도 어디선가 고통이나 죽음 같은 단어를 보고 거기 동화되기 시작했겠지. 나는 정어리라는 단어밖에 모른다. 정어리에 대한 책을 백 권쯤 쓴다 해도 거기 진짜 정어리는 없지. 너도 마찬가지다. 넌 아직 삶도 죽음도 논할 자격이 없지. 어떤 것도 제대로 경험해보지 못했으니까. 정어리를 제대로 먹어보지 못한 내가 정어리가 비리다거나 기름지다거나 담백하다고 말할 수 없는 것처럼, 너도 네 삶에 대해 한마디도 할 수 없을 거다. 넌 유서를 쓰지 않은 이유가 네 엄마가 이유를 알지 못해 고통스럽길 바라서였다고 했지? 그건 거짓말이다. 너는 한 줄도 쓸 수 없었을 거다. 네가 왜 죽으려고 하는지, 뭐가 널 그리 힘들게 만드는지 너도 몰랐을 테니까. 그냥 죽어버릴까, 하고 쉽게 결심한 거지. 어린애답게 말이다.

— 아저씨도 내가 어리광을 부리고 있다고 말하고 싶은 거예요?

— 너는 그냥, 서툰 거겠지. 어린애들의 특권이다. 멍청하고 성급한 건. 어린애니까 가끔은 그런 식의 엉뚱하고 어리석은 결론을 내기도 하는 거다. 괜찮겠지, 그 정도는. 난 어설프고 서툰 것들이 싫지 않다. 그런 건 어떤 식으로든 반드시 채워지거든.

— 숲에 떨어지는 동물들처럼요?

— 그래, 멍청한 아이들이 성장하는 것처럼.

— 난 멍청하지 않아요.

— 그래, 어리지. 그것뿐이다. 그러니 돌아가. 돌아가서 제대로 정어리를 먹는 거다. 머리부터 꼬리까지 남김없이 먹은 뒤에 비리거나 느끼하거나 토할 것 같단 생각이 들면.

— 들면? 그땐 어떻게 해요?

— 뱉어. 뱉고 입을 헹궈. 삶이란 건 원래 그런 식으로 살아내는 거거든. 정어리를 먹고, 그게 맛이 없으면 뱉고, 그다음엔 고등어나 고래를 먹는 거다. 그렇게 끝없이 이어지지.

기우뚱해, 라고 말했다.

혼잣말 비슷한 것이었는데 일단 내뱉고 보니 그 말이 의외로 익숙해서, 내가 수시로 해온 말 중 하나라는 걸 알게 되었다. 기우뚱기우뚱, 기우뚱댄다, 기우뚱거린다, 계속 반복하다보니 그 말이 의외로 낯설어서, 내가 수시로 해온 말인 동시에 그리 좋아하지 않는 말 중 하나라는 것도 알게 되었다.

때론 책장을 넘기다 기우뚱해졌다. 서툴게 문장을 깁고 꿰매다 문득, 비틀린 옷깃을 바로잡거나 누군가를 흘겨보고 훔쳐보다가도 그랬다. 뉴스를 보다가 기우뚱해져서는 다음날까지 멈춰 있기도 했다. 기우뚱한 것들이 전부 들여다보일 만큼 일상은 형편없이 얇았다.

기우뚱한 것들에 대해 쓰고 싶었다. 서툶에 대해 쓰고 싶었는지도 모르겠다. 밧줄과 주먹밥을 움켜쥐고 산에 오르는 누군가를 다만 응시하고 싶었을 수도 있다. 무엇이었든 진심이었다.

올빼미가 말하길
후룻 홋.

이 소설은 이렇게 끝이 난다.

2015년 봄
안보윤

알마의 숲

1판 1쇄 발행 2015년 5월 20일
개정 1판 1쇄 발행 2023년 10월 31일

지은이 · 안보윤
펴낸이 · 주연선

(주)은행나무
04035 서울특별시 마포구 양화로11길 54
전화 · 02)3143-0651~3 | 팩스 · 02)3143-0654
신고번호 · 제 1997―000168호(1997. 12. 12)
www.ehbook.co.kr
ehbook@ehbook.co.kr

ISBN 979-11-6737-362-5 (03810)